KB055895

하루 한 문장

하루 한 문장

대통령 연설비서관의 글쓰기

장훈 지음

DISCOVERY
OF IDEAS
Once a day

Jelly
Panda

시대를 초월한 주옥같은 명문장에서 삶의 지혜를 배우다

"무슨 일이 있어도
개의치 말고 매일 쓰도록 하라."

_어니스트 헤밍웨이

Virginia Woolf

자기 자신에 대한 사실을 말하지 않는 사람은
다른 사람에 대한 사실도 말할 수 없다.

_버지니아 울프

_곁에 두고 읽는 인생 문장_

2002년 4월, 대선캠프에서 장훈을 처음 만났다. 십칠 년 세월이 지났다. 이제 그의 첫 책을 만난다. 책 속에는 내가 잘 아는 장훈이 있다. 함께 일하고 만나며 대화를 나누던 장훈이다. 책 속에는 내가 미처 알지 못했던 장훈도 있다. 그의 꿈과 고민, 세상에 대한 생각이 나를 되돌아보게 한다. 누구나 깊이 공감할 통찰들이다. 때로는 졸리고 때로는 숨 막히는 출근길에서 일백 개의 생각을 핸드폰으로 썼다고 한다. 건너뛰고 싶기도 했을 것이고 부질없다 생각하기도 했을 것이다. 그런 자신을 이겨 내고 한 권의 책을 탈고했다. 그의 표현대로 '글쓰기 근육'이 무척 튼튼해졌나 보다. 가까운 '글 동지'가 생겼다는 생각에 흐뭇한 미소를 머금게 된다. 어떤 이에게는 추억을 일깨울 것이고, 어떤 이에게는 더없이 좋은 멘토가 될 듯싶다. 감히 일독을 권한다.

—윤태영 (전 청와대 대변인, 《대통령의 말하기》 저자)

대통령의 연설을 쓰는 일은 누구나 할 수 없다. 대한민국에서 청와대 연설비서관실에서 일해 본 사람의 수는 손으로 꼽을 만큼이다. 글도 잘 써야 하지만, 사람의 마음도 잘 읽어야 한다. 영광스러운 일이다. 그만큼 책임감도 큰 자리이다. 연설 하나하나 쓸 때마다 살얼음판을 걷는 느낌을 함께 느끼곤 했다. 그렇기에 작가와는 동고동락을 같이했던 식구이자 동지였고, 지금은 삶 속에서 늘 만나는 벗이기도 하다.

책 제목을 보고는 '장훈답다' 생각했다. 내용은 쉽게 읽히고 깊게 생각할 수 있는 글이다. 나 역시 '어쩌다 공무원'이었던 적이 있어 공감되는 부분이 꽤 많다. 내가 경험할 수 없었던 지방정부의 이야기들은 참 부러운 대목이다. 찬찬히 읽어 보면 강연에도 도움이 많이 될 듯하다. 글을 읽는 것 자체가 글쓰기에도 도움이 될 만한 책이라 특히 청년들이나 글쓰기를 시작하는 모든 분들에게 적극 추천해 드리고 싶다.

5월은 노무현이다. 5월에 만나는 노무현 대통령 막내 필사의 책이 더욱 반가운 이유이다.

—강원국(전 청와대 연설비서관, 《대통령의 글쓰기》 저자)

4월 어느 날이었다. 지난해 심은 이팝나무에 거름을 주고 있었다. 가지마다 새순이 돋았다. 작년보다 훨씬 힘차게 새순이 돋아나고 있었다. 이때부터 5월에 필 이팝나무의 하얀 꽃을 기다린다. 그 기다림은 즐거움이다. 반가움이다. 그것은 어느 한 장면이 완성되는 그런 느낌이기 때문이다. 그런 생각들을 하던 중에 전화가 왔다. 바로 장훈 국장이었다. 내겐 언제나 반가운 사람이다.

책 이야기를 했다. 무척 기다리던 소식이었다. 우선 '어쩌다 공무원의 어쩌다 글쓰기'라는 제목이 내겐 다르게 들렸다. '창의적인 공무원의…' 분명 그렇게 들렸다. 내가 함께 일했던 그는 늘 아이디어가 넘치는 활기찬 청년이었다. 가장 창의적인 공무원이었다. 정치에서 예술 분야에 이르기까지 모르는 것이 없었다. 그의 기록 하나하나가 우리 공직사회에 살아 있는 이야기가 될 것이다. 갈수록 공직의 개방 폭이 넓어지는 것도 같은 의미라 생각한다. 창의적인 인재들을 통해 공직사회에 활력을 주기 위함이다. 청와대에서 지방자치단체까지 다양한 경험을 더해 온 그의 이야기가 무척 기대된다. 누구보다도 많은 공직자들에게 '창의적인' 공무원이 쓴 이 책을 권하고 싶다.

—김철휘(전 국무총리 연설비서관)

어쩌다 알게 되었다. 그런데 어쩌다 지금은 늘 의견을 묻는 사이가 되었다. 그의 유연한 생각과 창의력은 비슷한 연배라 믿기지 않을 정도로 반짝이며 서정적인 감성은 여성인 나보다 더 풍부하다. 무엇보다 타인에 대해 열려 있는 그의 지성은 매력적이어서 시간이 갈수록 신뢰하게 된다. 매일 작가의 지하철 단상을 보며 슬며시 미소 짓고, 어떤 날은 슬쩍 코끝이 찡해 오기도 했다. 무엇보다 많은 사람과 공유하면 참고가 될 만한 내용들이 많아서 적극적으로 책으로 내자고 제안했고, 그 결과물을 보니 뿌듯하다. 늘 다른 존재를 빛나게 하기 위해 자신의 에너지를 오랜 시간 보내 온 작가가 이제는 스스로 별이 되어 빛나는 시간이 되길 진심으로 바란다.

—양소영(법무법인 숭인 대표 변호사, 대한변협 공보이사)

장훈은 움직이는 사람이다. 움직이되 사물과 상황을 흘려보내지 않는다. 한곳을 깊이, 아주 깊이 응시한다. 그래서 장훈은 머무는 사람이다. 이 움직임과 머묾이 동시에 일어나는 공간은 그의 출근길 지하철 안이다. 여기서 장훈은 짧지만 간단치 않은 단상을 적어 왔다. 그게 모여 한 권의 책을 이뤘다.

장훈은 대통령, 도지사, 시장의 라이터와 스피커였다. 리더의 얼굴이 계속 바뀌었다. 그러나 장훈은 리더의 마음을 제대로 읽고 표현하기 위해 한 방향으로 한결같은 노력을 멈추지 않았다. 리더를 읽고 리더를 쓰기 위해 자신을 읽고 자신을 썼다. 그게 이 책이다.

—백승권(전 청와대 행정관, 《보고서의 법칙》 저자)

페이스북에서 장훈의 '지하철 1호선'을 만났다. 그는 세상 사는 이야기를 솔직하고 담백하게, 때로는 깊이 있게 풀어냈다. 그의 글을 매일 아침 기다렸고, 읽으면서 행복했다. 이제 그의 글들이 한 권의 책으로 엮어지니 정말 반갑다. 이 책은 글쓰기의 보고(寶庫)다. 특히 세상과 소통하고 변화를 이끌어 내는 글쓰기를 꿈꾸는 이들에겐 더욱 각별할 것 같다. 그가 노무현 대통령 연설문을 작성하면서 겪은 경험과 구체적인 사례를 담고 있기 때문이다. 세상의 변화가 솔직함과 겸손에서 비롯된다는 그의 깨달음은 울림이 크다.

삶이 글이 될 수 있고, 그 글은 나의 삶에 깃들게 되었다. 몇 줄 쓰기도 버거워했던 내가 그의 글 덕분에 매일 꾸준히 쓰고 있다. 소소한 일상과 생각들을 갈무리하면서 글쓰기가 이젠 즐거운 일상이 되었다. 행복한 글쓰기를 꿈꾸는 사람들에게 이 책이 맑고 시원한 샘물이 될 것으로 확신한다. 좀 더 많은 이들이 이 책과 함께 행복한 글쓰기의 매력에 빠져볼 것을 상상해 본다.

—이태경(KBS PD)

내가 아는 한 장훈은 어쩌다 공무원이 됐으되 어쩌다 글쓰기를 하게 된 사람은 아니다. 사석에선 형이라고 부르는 그는, 후배들과 대화할 때조차 글을 쓰듯 정갈하게 말하는 사람이다. '노무현 대통령의 막내 필사'라는 이름은 그에게 운명이란 말의 동의어다. '사람 사는 세상'을 꿈꾸면서, 그는 '글로 사는 사람'으로 길러진 것에 틀림없다. 그는 쓰지 않으면 살 수 없을 것처럼 글을 쓴다. 그에게 글쓰기는 호흡이다.

그의 '글쓰기 호흡'은 요 몇 년 새 더 가빠졌는데, 마치 숨을 참지 못하는 사람처럼 헐떡이며 글을 쏟아냈다. 이 책에 묶인 글들은 그래서 참지 못하는 자의 표정을 품고 있다. 세상과 사람들에게, 그리고 스스로에게 오래 참았던 말들이 글이 되어 쏟아졌다.

이 책은 위대한 책은 아닐지도 모른다. 다만, 무언가를 오래 참고 있는 사람들을 향해 다정하게 말을 거는 글 묶음이라고, 나는 단언할 수 있겠다. 한 개인의 삶에는 끝내 참지 말고 지켜내야 할 자기만의 비의

(秘義)가 있다고, 이 책은 다정하지만 단호한 표정으로 말을 건다. 중년의 중턱에 다다르면서 참아내야 할 것들이 쌓여가는 내겐 그래서 참 소중한 책이다. '인생의 책'이란 장르가 있다면, 그 리스트에 이 책을 올리는 데 있어 나는 조금의 주저함도 없다.

—정강현(JTBC 기자)

누구보다 존경하는 선배님의 추천사를 쓸 수 있는 기회가 생겨 영광으로 생각합니다. 이 시대 후배들을 위한 따뜻하고 가슴 먹먹한 조언이 이 책에 가득합니다. 평소 세상을 바라보고 일상을 대하는 따뜻하고 인간미 넘치는 선배님의 생각과 문체가 잔잔히 마음을 울립니다. 출근길 단상에서 시작되었던 글이기에 표현이 무겁지 않아 나이를 불문하고 남녀노소 누구나 편하게 읽을 수 있어 적극 권합니다.

—전은화(2018 미스코리아 경남 진)

선배는 글쟁이였습니다. 그 누구보다 많은 글을 생산해 온 '전투형 작가'였습니다. 하지만 자신의 목소리가 담긴 글을 내놓진 못했습니다. 늘 타인의 이야기를 대신 써주는 사람이었습니다. 그들은 세상 모든 번뇌를 짊어지고 가는 사람들이었습니다. 선배는 그런 글을 쓰고 또 쓰고, 고치고 또고쳐야 했습니다. 그의 처지와 태도가 이해되었습니다.

어느 날 선배가 책을 쓴다고 했습니다. 처음으로 본인의 이야기를 내놓는 것이었습니다. 기뻤습니다. 그 목소리에 찬찬히 귀를 기울였습니다. 까칠함 속에 숨겨진 따스함이 전해져 왔습니다. 선배가 살아온 인생에 대한, 그리고 글짓기에 대한 원칙도 여럿 담겨 있습니다.

읽으면 읽을수록, 알면 알수록, 보면 볼수록 좋은 그런 책입니다. 이런 책을 쓴 장훈은 만나면 만날수록, 알면 알수록, 보면 볼수록 좋은 그런 사람입니다.

—김항기(국회의원 비서관)

늘공이 어공에게 격공

어쩔 수 없이 공무원이 됐다. 꿈의 직업은 꿈만 꿨고, 원하는 회사는 날 필요치 않았다. 그래서 공시를 봤고 늦깎이 공무원이 됐다. 사람들은 나 같은 사람을 늘공이라 부른다. 늘공인 나는 특출나게 잘하는 것이 없다. 2~3년에 한 번씩 보직을 바꾸며 이것저것 다양한 분야의 주어진 소임을 해낼 뿐이다.

나와는 달리 여기 어쩌다 공무원이 된 사람이 있다. 특출난 재능으로 늘 공직사회에서 러브콜을 받는 사람이다. 장훈 인천시 미디어 담당관 얘기다. 그는 메시지와 홍보 분야에서 독보적인 능력과 천부적인 감각을 보유했다. 그리고 그 천부적인 감각에 어울리지 않게 어쩌다 나를 팀원으로 뽑았고, 나는 내 삼십대 절반을 어쩌다 그와 함께 근무했다. 그는 나의 팀장이었다.

때는 바야흐로 8년 전, 나는 충남도청 공보관실 조그마한 사무실에서 그를 처음 만났다. 그가 충남도청에 처음 부임하고 공보관실에 메시지팀을 만들었던 시절이다. 연고도 인맥도 없는 그는 고군분투하며 도지사의 연설과 메시지를 전문적으로 관리하는 메시지팀을 신설했고, 늘공 중에서 함께 일할 팀원을 물색 중이었던 것이다. 아는 사람 하나 없는 이곳에서 일 잘하고 믿을 만한 직원을 찾기는 쉽지 않았을

터이니, 어쩌다 나 같은 사람에게까지 연이 닿았으리라.

그렇게 시작된 메시지팀의 생활은 나에게도, 그에게도 쉽지 않았다. 나는 연설과 메시지, 홍보와 공보가 무엇인지 전혀 모르는 하급공무원이었고, 그는 계약직 공무원 팀장으로서 보수적인 공무원 조직에서 찬밥 취급을 당하기 일쑤였다. 장애물은 넘쳐났고 지원군은 보이지 않았다. 해야 할 일은 많았고 업무협조는 쉽지 않았다.

낮에는 녹음기 하나 들고 도지사의 모든 연설 현장을 돌아다녔고 밤에는 말씀자료 등 메시지를 작성하고 아침에는 회의를 했다. 그러나 그는 지치지 않았다. 분명한 목표를 갖고 순수한 열정을 품은 채 차근차근 나아갔다. 메시지팀의 체계를 잡아나갔고 공보실의 방향을 설정했으며, 조직문화나 혁신에 이르기까지 차츰 업무영역을 넓혀 나갔다.

연설미디어 시스템, 도서나눔, 영상관보, 메시지 기획회의, 일정관리 등 충남도청이 더 효율적으로 일하고 충청남도가 더 체계적으로 발전할 수 있는 길을 고민하며 늘 새로운 시도를 멈추지 않았다. 욕먹는 것을 두려워하지 않았으며 주관을 실천하기 위해 누구든 만나 대화하고 토론했다. 그렇게 그는 새로운 구상을 한 걸음 한 걸음 구체화시켜 나가면서 충남도청 공무원으로 자연스럽게 스며들어 갔다.

처음에는 데면데면했던 각 부서들에서도 인정하기 시작했다. 각종 행사나 메시지, 자잘한 의사결정에 이르기까지 우리 팀의 의견을 구했고, 메시지팀의 업무와 상관없는 회의에도 그에게 참석을 제안했다. 그의 유연한 사고방식은 늘공이 지니지 못한 말랑말랑함을 선사했으며, 그가 제안한 아이디어는 우리 도정을 반짝반짝 빛나게 했다. 그가 남기고 간 업적들은 이제는 떼어놓을 수 없는 우리의 일상이 되었다.

어쩌다 공무원이 된 그가 우리 공무원 사회에 남기고 간 변화는 작지 않을 것이다. 어쩌다 글쓰기를 시작한 그의 SNS도 마찬가지라고 나는 믿고 있다. 편한 언어로 된 짧은 글을 가만히 읽다 보면 나도 모르게 '좋아요'를 슬그머니 누르게 된다. 나의 삶을 조용히 돌아보며 어쩌다 편안한 공감을 얻고 하루를 시작한다. 지하철 출근길을 통해 일상을 마주하며 풀어나간 그의 짧은 글이 많은 친구들의 격한 공감을 받는 이유가 여기에 있을 것이다.

따지고 보면 우리 모두 어쩌다 이 세상에 태어난 것이 아닌가. 어쩌다 만난 그와의 인연이 내 삶의 가만한 변곡점이 되었듯이, 어쩌다 이 책을 읽고 있을 독자 여러분의 조그만 가슴에도 그의 글이 가만히 스며들어 따뜻한 공감과 위로를 전해 주기 바란다.

—최원(충청남도 국제협력과 주무관)

프롤로그

# #

2003년 3월 '공무원'이 됐다. 참여정부 '대통령비서실 행정관'이
나의 첫 공직이 된 셈이다. 첫 직급은 별정직 5급 상당 사무관! 5년
후, 별정직 3급 상당 부이사관으로 청와대를 나왔다.

"어공이 된 것을 축하하네!"

홍보수석실 첫 회식 때 한 선배가 건넨 말이다. '어공'은 '어쩌다
공무원'의 줄임말이다. 반대말은 '늘공', '늘 공무원'이라는 뜻이다.
늘공은 공무원법상 정년이 보장된 공무원이고, 어공은 별정직, 계
약직, 임기직 등 필요에 따라 일정 기간 근무하는 공무원이라 할 수
있다.

원래 나는 연구자가 되기를 원했다. 대학 교수가 되어 정치학을 연
구하고 싶었다. 2002년 대통령 선거에서 노무현 후보의 연설비서로
일하게 됐다. 당시 정치학 박사과정 중이었던 나는 생생한 대통령 선

거 과정이 좋은 필드 스터디(field study)가 될 것이라고 생각했다.

대선 과정은 드라마와 같았다. 노풍과 롤러코스터 같던 지지율의 등락, 노사모의 활약과 후단협의 배신, 정몽준 후보와의 단일화와 철회까지 한국 정치사에 길이 남을 숱한 사건과 장면들을 남기고 노무현 후보가 대한민국 16대 대통령에 당선됐다. 그 역사 속에 동참했다는 것은 무척 자랑스러운 일이 아닐 수 없다.

청와대에서 일한다는 것은 아무나 가질 수 없는 경험이기에 학업으로의 복귀를 잠정 연기했다. 2년쯤으로 생각했던 청와대 생활은 5년 임기 내내 이어졌다. 연설비서관실, 여론조사비서관실, 정무기획비서관실, 다시 연설비서관실로 옮겨 일하다가 2008년 2월 대통령 퇴임과 함께 퇴직했다.

그리고 2010년 3월, 다시 '어공'이 되었다. 충남도청 메시지팀장으로 일하게 된 것이다. 충청남도에서의 생활은 내게 값진 경험을 안겨 주었다. 지방정부는 현장의 생생함이 살아 있었다. 중앙정부에서 만든 기획들이 왜 사람들의 실제 삶에서 구현되지 않는지, 지역 현장에서는 왜 돌아가지 않는지, 직접 보고 느낄 수 있는 기회였다.

충청남도에서의 '어공' 생활은 7년으로 마무리됐다. 그리고 몇 달을 쉬었다. 그사이 여러 곳에서 공공 홍보 분야 전문가로 일해 주기를 제안해 왔다. 새로 출범한 민선7기 인천시에서도 사람을 뽑는다는 연락을 받았다. 중앙 행정과 도 행정을 해봤으니, 도시 행정도 한번 경험해 보고 싶은 욕심이 생겼다. 그리하여 또다시 어공이 되었다. 이번엔 '지방 어공'에서 '도시 어공'으로….

일산에서 인천까지 대중교통으로 출퇴근을 하면서 문득 도시의 일상을 글로 남기고 싶어졌다. 매일매일 한 편 한 편 쓰기 시작했다. 글은 어느새 100편이 되었고, 어쩌다 보니 이렇게 책으로까지 나오게 되었다.

처음 출판을 권유받았을 때 많이 망설였다. 글의 부족함뿐만 아니라, 삶의 부족함이 컸기 때문이다. 나에 대한 질책은 달게 받겠으나, 혹시 주변에 누가 되지 않을까 걱정도 컸다. 그러나 주변 지인들의 독려로 한번 저질러 보자 결심했다.

이 책이 꼭 도움이 되었으면 하는 분들이 있다.
미래를 걱정하는 청년들에게 작은 희망이라도 주었으면 한다.
공무원을 준비하는 분들에게 공직 청사진이 되었으면 한다.
글쓰기를 두려워하는 분들에게 길잡이가 되었으면 한다.
홍보 분야에서 일하는 분들에게 좋은 영감을 주었으면 한다.
어느덧 중년인 분들에게 추억을 곱씹는 사랑방이 되었으면 한다.
조직생활이 힘든 분들에게 관계의 지혜를 안겨 주었으면 한다.

오늘도 대중교통으로 출근하는 분들에게 위로가 되었으면 한다. 쉽게 읽고 길게 생각할 수 있는 책이 되었으면 한다.

이 책이 나오기까지 도움을 주신 분들이 있다.

이 글의 출발은 출근길 단상이다. 인천시청 박남춘 시장과 미디어담당관실 직원들에게 늘 감사한 마음이다. 법무법인 숭인의 양소영, 김영미, 이은영 변호사는 책 쓰기를 주저할 때마다 끊임없는 용기를 주었다. 양시호 실장, 오무영 감독, 이진혁, 서호영 작가는 디자인과 삽화, 사진으로 큰 도움을 주었다. 추천사로 도움을 주신 많은 선후배 분들에게도 감사드린다.

페이스북에 올린 100편의 글을 늘 재미있게 읽어 주고 '좋아요'와 댓글을 달아 준 많은 페친들에게는 늘 빚진 기분이다. 이분들의 독려가 매일 글 쓰는 힘이 되어 주었다.

내 글쓰기의 길잡이가 되어 주셨던 윤태영, 강원국 두 대통령 연설비서관님과 김철휘, 황종우, 고대훈, 양기욱 등 참여정부 청와대 연설비서관실 식구들에게도 고마움이 크다.

보잘것없는 글을 책으로 만들어 주신 젤리판다의 홍승훈 대표, 유영 편집자, 이영은 디자이너와 직원 여러분께도 감사드린다. 이분들의 섬세한 손길이 없었다면 이 책은 세상에 나오지 않았을 것이다. 혹시 독자들께서 책의 흠결을 느꼈다면 그건 모두 저자의 부족함으로 인함이다.

마지막으로 내 글의 아이디어의 원천이자 항상 삶의 힘이 되어 주는 아들 현승이와 아버지와 형님 내외, 그리고 가족 모두에게 이 말을 하고 싶다.

"사랑하고, 사랑하고, 또 사랑합니다!"

노무현 대통령의 서거 10주기를 맞아 이 책을 봉하마을 대통령님 묘소 작은 비석 앞에 놓아 드리려 한다. 대통령께서 후보 시절 좋아하시던 그림이 작은 물고기들이 모여 큰 물고기의 형상을 이룬 모습이었다. 대통령님에 대한 작은 기억이 모여 큰 그림으로 형상화되고 더 큰 그리움과 추모로 퍼져 가기를 희망해 본다.

2019년 5월
어쩌다 공무원 장훈

1부 생활의 풍경 생각의 발견

2부 노무현 대통령 막내 필사의 글쓰기 생각 쓰기

3부 사람을 만나는 건 세상을 만나는 것

4부 어쩌다 공무원의 좌충우돌 공직 수첩

5부 나는 여전히 잘 살고 싶다

1부

# #
생활의 풍경
생각의 발견

글쟁이 더 비기닝 *the beginning*
#

"이 원고 한번 읽어 보시겠습니까?"
"이게 뭔가?"
"제가 한번 써 본 글입니다."

어떻게 메시지 관련 일을 하게 되었느냐고
물어보는 사람들이 많다.
국문과나 문예창작과를 나왔느냐고
물어보는 이들도 있다.

글을 쓰는 것을 좋아했다. 어릴 때부터 그랬던 것 같다.
오래전 아태평화재단에서 연구원과 이사장 비서 일을 했다.
기획과 연구 업무보다는, 국내외 회의나 행사 진행을 도왔고
간간히 청와대 심부름을 오가는 일을 했다.
폼은 좀 나는데, 삶의 의미를 주는 일은 아니었다.
재단 사무부총장이셨던 분은 국회의원이 되고자 뛰고 있었다.
매주 지역 방송국과 신문에 정기적으로 기고를 하고 있었는데,
가끔 내게 프린팅과 전송을 부탁했다.

어느 날, 내 생각을 담은 기고문 초안을 써서 드렸다.

부총장님은 마음에 든다며, 가필과 수정을 해서 완성하셨다.

앞으로도 자신을 도와 달라고 하셨다.

아이디어나 소재를 끄집어내 줄

기자와 작가 몇 명을 소개시켜 주었다.

그중 한 명이 3년 뒤 민주당 노무현 후보 캠프에

연설비서로 나를 추천해 주었다.

글을 쓸 때면 주변의 모든 것들이 다 글의 소재가 된다.

무심코 그냥 지나치던 풍경들도 새롭게 보이고 의미가 생긴다.

작은 것은 작아서 의미가 있고, 큰 것은 커서 의미가 있다.

관찰력이 생기고 성찰의 힘이 생긴다.

말은 순발력이고 글은 지구력이다.

말은 재치를 더해 주고, 글은 정확성을 더해 준다.

글을 쓴다는 것은 혼자만의 유희가 아니다.

커뮤니케이션을 하는 것이다.

글을 만든다는 것은 그저 멋진 표현을 만드는 것이 아니다.

메시지를 기획하고 완성하는 일이다.

좋은 글쟁이는 좋은 커뮤니케이터이다.

그렇게 글쟁이의 글 인생이 시작됐다.

온전한 나의 꿈
#

어릴 적 꿈은 만화방 주인이었다.

좋아하는 만화도 실컷 보고,

돈도 벌 수 있을 것 같아서였다.

조금 커 보니 내 꿈을 내가 꾼다는 것이

쉬운 일이 아님을 알게 됐다.

중학교 때부턴가 내 꿈은

큰형이 바라는 꿈이 되었다.

큰형은 내가 법관이 되기를 바랐다.

가난 때문에 상고를 가고 은행원이 된

형의 못 이룬 꿈이기도 했다.

큰형은 내게 용돈과 칭찬이라는 당근과

잔소리와 감시라는 채찍으로 그 꿈을 종용했다.

나는 이유도 없이 법관이 되기 싫었다.

질풍노도 시기의 이유 없는 반항이기도 했다.

안타깝게도 내가 고3일 때

큰형은 교통사고로 돌아가시고 말았다.

형의 죽음은 내게 꿈의 실종이기도 했다.

슬픔과 죄책감으로 방황했고,

그 사이 대입은 눈앞에 다가왔다.

그냥 이름이 그럴듯한 과를 선택했다.

'정치외교.' 왠지 눈에 띄고 마음에 들었다.

성적은 떨어졌고, 마음은 불안했다.

선지원으로 입시제도가 바뀌어 선생님도 어려워했다.

꿈이 없어졌으니 딱히 따질 것도 없었다.

떨어진 성적에 적당한 학교를 선택했다.

대학 시절에는 공부를 더 해보고 싶었다.

정치학이 재미있어졌던 것이다.

그런데 여자 친구가 생기고 나니

취직하고 빨리 결혼하고 싶어졌다.

졸업하기도 전에 취직을 했지만,

여자 친구와는 헤어지고 말았다.

회사도 곧 그만두었다.

인생은 참 얄궂은 장난 같다.

우연히 만난 대학 동창의 권유로 대학원에 입학했다.

정치철학을 전공하고 싶었으나,

조교 장학금을 준다는 유혹에
국제정치 교수님 조교로 일하게 되었다.
교수님 덕분에 아태평화재단 연구원이 되었다.
대학원 박사 과정에도 입학했다.
내가 꿈꾸던 학문의 길로 접어드나 했는데,
그리 되지 않았다.

현장 학습 차원에서 대선을 경험해 보자던
2002년 국민경선과 대선에서
노무현 대통령님이 기적적으로 당선됐다.
연설비서로 일했던 나는
청와대 연설비서관실로 가게 되었다.
5년을 마치고 나니 정권이 바뀌었고
할 수 있는 일이 많지 않았다.

돈을 좀 벌어 볼까, 사업에 손을 댔지만
내가 넘볼 영역은 아니었다.
새로운 꿈을 꾸며 충남도청에서 7년을 일했고,
그 꿈은 또 한순간에 사라졌다.
그리고 지금은 인천시에서 일하고 있다.

삶은 내 생각대로 움직여 주지 않는다.

자유분방한 야생마 같다고나 할까.

매 순간 막다른 길이 나오고,

그 길은 또 새로운 길의 시작이 된다.

"아빠가 뭐가 됐음 좋겠어?"

아들에게 물어본 적이 있다.

"아빠가 되고 싶은 거 되면 되지요."

그 대답에는 자기의 꿈에도 간섭하지 말라는

무언의 항변이 포함된 것이리라.

가족, 친구, 친지, 그리고

내 주변이 바라는 내가 아닌

온전한 나의 꿈을 꿔 본 적이 있었던가 싶다.

인생의 한 구비 한 구비를 흘러가다 보면

내가 가고자 했던 그곳에

언젠가는 닿을 수 있으리라.

무엇이 되어 있는 자신이 아닌,

어딘가로 향하고 있는 자신을 좋아해 보자.

월요일 아침
#

살면서 수많은 월요일을 만나지만
매번 월요일은 버겁기만 하다.
일요일 밤에 일찍 잤든 늦게 잤든
월요일 아침 눈꺼풀은 천근만근이다.

제법 서둘러 준비했는데도
버스를 기다리는 줄은 이미 길다.
이틀의 쉼이 주는 충전의 힘 때문인지,
일주일을 다시 시작해야 한다는 부담감 때문인지
사람들의 월요일 시계는 평소보다 빠르다.

이런 사람들의 마음을 아는지 모르는지
도로의 차량 행렬은 거북이 걸음이다.
여기저기 마음 급한 빵빵거림이 들리지만
좀처럼 속도를 높이지 못한다.

도로가 차로 붐비면
지하철은 사람으로 붐빈다.

앉아 있든 서 있든
눈을 감은 사람들이 많다.

월요일 아침마다
내 생각 속으로 찾아온 말들이 있다.

"감히"라는 말보다는
"감사"라는 말로 살자.
"네가 감히 날 가르쳐!" 하지 말고
"가르쳐 주어 감사하다"고 말하자.
감사는 내 삶의
더 많은 동반자를 만들어 준다.

'미움의 마음'보다는
'미안의 마음'으로 살자.
더 못 받아 미워하지 말고,
더 못 주어 미안하다 하자.
삶의 대차대조표는
길게 보면 0으로 수렴한다.

'잘해 봐라'는 태도보다는

'잘해 보자'는 자세로 살자.

방관의 태도는

늘 자신을 고립시킬 뿐이다.

내가 뛰는 이유
# #

새벽 출근길, 버스 정류장에 가기까지
세 번의 횡단보도를 지난다.
그리 늦지 않았음에도
저 멀리 녹색불이 나를 뛰게 만든다.
하나를 뛰어서 넘어가면
그다음 또 뛰고, 또 뛰고….
생각해 보았다.
나를 뛰게 만드는 건
초록불일까? 나의 의지일까?

어려서부터
참 뜀뛰기에 익숙했던 것 같다.
무엇을 타러 갈 때도 뛰었고,
매점을 갈 때도 뛰었다.
첫 번째 도착자로서
받는 보상은 늘 후했다.

왠지 뜀뛰기는 결핍 시대의 잔상 같다.

불확실성 시대를 살아온 이들의
조건반사적 특징이랄까.
저걸 놓치면 내가 타야 할 버스를 놓치고,
저걸 놓치면 내게 주어진 배식을 놓치고….

스마트해지고 디지털화 된
4차 산업혁명 시대가 왔다고
다들 입을 모아 말한다.
버스가 언제쯤 오는지,
내게 주어진 양은 얼마나 남았는지
실시간 확인이 가능한 시대다.
그럼에도 내가 뛰는 이유는
불확실성과 결핍으로
무자비한 경쟁의 시대를 살았던
잔인한 기억 때문일 것이다.

열심히 뛰다가
문득 이런 생각이 든다.

우린 언제쯤 주변을 즐기며
느긋하게 걸어갈 수 있을까.

도시의 10분
#

10 Minutes.

가수 이효리의 노래 제목이다.

남자들을 유혹하는 데

10분이면 충분하다는 내용이다.

공무원인 나에게 10분은

매일 아침 알람 소리와 함께

이불 속에 더 머무르고 싶은 유혹의 시간이다.

도시의 아침은 늘 분주하다.

사람들의 출근 시간은 비슷하고,

그것을 위해 준비하는 시간도 크게 다르지 않다.

그러니 비슷한 시간대에 나오는 차들로

교통정체가 생기게 되고,

대중교통은 같은 시간대에 나온 사람들로 만원이 된다.

반면 지방에서의 아침은 여유롭다.

길이 막힐 염려도 없고,

사람들이 그리 많지도 않다.
충남도청 공무원으로 일할 때는
뉴스에 아침드라마까지 보고 출근해도 너끈했다.
크게 서두르지 않아도
언제나 제 시간에 맞춰 사무실에 도착할 수 있었다.
10분 늦게 출발하면 10분 늦게 도착했고,
10분 일찍 출발하면 10분 일찍 도착했다.

도시에서의 10분은
지방에서의 10분과 크게 다르다.
10분 늦게 출발하면 50분 늦게 도착한다.

그럼에도 불구하고
매일 아침 나는 10분을 두고
꿀맛 같은 새벽잠의 보너스 타임이냐
버스와 지하철에서의 꿀잠이냐를 갈등한다.

하나를 포기해야 다른 하나를 얻는다.
세상 모든 일이 그렇다.

새로 산 구두
#

구두를 샀다.
보기에도 좋고 신어 보니 편해서
냉큼 계산했다.

다음 날 새 구두를 신고 나가니
어제와는 사뭇 달랐다.
버스 정류장까지 가는데
발이 아파 걷기가 힘들었다.
발 여러 군데가 까져서
결국 원래 신던 구두로 바꿔 신었다.

다시 구두 매장을 찾았다.
기계로 구두 볼을 넓혀 주는 것이
최선이라고 했다.
집에 오니 짜증이 밀려왔다.
좀 더 살펴보고 살 걸 하는 후회가 가득했다.

살아가는 게 다 비슷하다.

선택할 때의 경험치는 짧고,
잘못한 선택으로 인한 후회는 길다.

구두는 또 사도 되지만
정치는 4~5년을,
직업은 10년 이상을,
결혼은 남은 인생을 좌우하는 선택이다.
그러고 보니 누군가의 나에 대한 선택이
후회이지는 않았을까, 자성해 본다.

선택은 인연이기도 하고 업이기도 하다.
피할 수 있는 선택도 있지만
피할 수 없는 선택도 있다.
그걸 운명이라고 한다.

부끄럼 없는 선택이고 싶다.
선택하든, 선택당하든….

기호학과 언어
#

매일 출퇴근을 하며 지나는 역들이 있다.
눈에 들어오는 역 이름이 있는데,
귤현, 박촌, 임학 세 정거장이다.

'귤현'은 굴재 아래 있는 마을이어서
굴현이라 부르다가 귤현이 되었다고 한다.
'박촌'은 조선 중기까지 300호가 넘는
박씨 집성촌이어서 그렇다고 한다.
'임학'은 마을에 나무가 많아
백로의 서식지를 이뤘다는 데에서 유래되었다.

역의 이름들이 사람의 이름처럼 의미가 있다.
그 의미를 되새기면 더 특별히 다가온다.

대학 시절 기호학에 관심을 가졌던 적이 있다.
사물의 이름이 왜 그리 지어졌을까 하는
호기심에서 시작되었던 것 같다.
그런데 사람들은 복잡하게 생각하는 걸 싫어한다.

바쁘고 정신없으니 더 깊이 생각하길 피한다.

직장 후배가 보고서를 가지고 오면,
"이 단어는 왜 이렇게 썼지요?"
"이 문장은 무슨 의미지요?"
"이 행사는 왜 하지요?"라고 묻곤 한다.
그러면 쉽게 대답을 못할 때가 많다.
의례적으로 늘 쓰던 문장과 단어여서 그럴 것이다.

온갖 감정에 휩싸여
과장하고 부풀린 단어들로 가득한 글을 보곤 한다.
단어 본연의 뜻은 물론
무게와 부피, 파장을 이해하지 못한 채
감정에 앞서 쏟아져 나오는 표현은
실패한 글이 되고 만다.

십대들이 자주 사용하는 욕설도
그 유래와 뜻을 생각하면
쉬이 쓰기 어려운 의미가 담겨 있다.
그 속에 담긴 저주와 외설 등의 의미를 모른 채
일상의 언어로 표현되는 것이 안타깝다.

그래서 인문학이 중요한 것인지도 모른다.

앎에 대한 호기심이 많아질수록

개인은 성장하고, 사회는 성숙한다.

첫음 잡기
# #

학창 시절 성가대를 한 적이 있다.
지휘자의 지휘봉 끝을 주시하며
합창이 시작되지만
가로젓는 지휘봉에 따라 이내 멈추고 만다.
누군가 첫 음이 틀린 것이다.
그렇게 몇 번을 반복하다가
지휘자의 만족스런 표정과 함께
겨우 다음 소절로 이어진다.

첫 음을 너무 높게 잡으면
클라이맥스에서 음 이탈이 나거나
요상한 가성으로 처리해야 된다.
첫 음을 너무 낮게 잡으면
뒤로 갈수록 숨소리만 내야 한다.

첫 음이 빨라지면 곡 전체가 급해지고,
첫 음이 늦으면 곡 전체가 처진다.
그래서 첫 음 잡는 게 늘 긴장된다.

꼭 노래의 첫 음뿐이겠는가!

첫사랑, 첫 만남, 첫 학교, 첫 수업,

첫 직장, 첫 상사, 첫 월급….

처음이 주는 긴장감과 떨림은 늘 있다.

인생의 첫 음은

무리하지 말아야 한다.

너무 높게도, 너무 낮게도 잡지 않고

딱 자신이 부를 수 있을 정도로 해야 한다.

언젠가 알게 될 것이다.

내가 소프라노인지 알토인지

내가 테너인지 베이스인지….

내 음역 찾기가 가능해지면

첫 음 잡는 게 조금은 수월해질 것이다.

사랑하면 대답한다
#

"우리 어디서 내려요?"
어린아이 같은 목소리가 들린다.
"응, 부평역에서 내려."
어머니인 듯하다.

"몇 정거장 더 가야 해요?"
다시 들으니 아주 꼬마는 아니다.
"여섯 정거장 더 가야 해."
어머니도 아닌 듯하다.

"나 부평역에서 내려야 해요."
발달장애가 있는 청소년인 듯하다.
"그래, 이제 다섯 정거장 남았어."
아이를 돌보는 복지사 선생님인 듯하다.

"부평역에서 꼭 내려야 버스 탈 수 있어요."
아이는 자꾸 보챘고,
"그래, 우리 같이 내리고 같이 타자."

복지사 선생님은 침착했다.

질문은 멈추지 않았고,
대답도 끊기지 않았다.
그 둘의 대화는
빡빡한 지하철에 흥겨운 음악처럼 퍼졌다.
입가에 미소가 번지고,
눈가에 어린 시절을 떠올렸다.
둘은 예의 그 부평역에서 내렸다.
둘은 손을 꼭 잡고 걸었다.

말하지 않아도 아는 것이 사랑이 아니다.
사랑한다면 대화하게 된다.
물어보고 대답해 주고….

물었던 질문 다시 하고,
내용 없는 물음을 하게 되더라도
사랑하면 대답한다.
대화하면 행복하다.

어쩌면 오늘의 우리는
그런 대화에 목말라 있는지 모른다.

의미 · 재미 · 케미
# #

새로운 일을 하려 할 때
따져 보는 세 가지가 있다.
의미, 재미, 케미이다.

꼭 일이 아니어도 마찬가지다.
뭔가를 시작할 때
스스로에게 묻는 질문이다.

의미가 뭘까?
재미는 있을까?
케미는 맞을까?

세 가지 다 충족되면 좋겠지만,
한 가지만이라도 괜찮으면 시작하게 된다.

충남도청에서 실시한 독서 동아리가 그랬다.
직원들에게 한 달에 한 권씩
구매한 책값을 지원해 주었다.

자발적 독서 동아리를 독려했고
그 운영금을 지원해 주기도 했다.

내게도 독서 동아리를 만들자는 제안이 왔다.
의미도 있고, 재미도 있을 것 같아 수락했다.
동아리 회장을 맡고,
운영 방향을 회원들과 함께 정했다.
물론 원칙은 의미, 재미, 케미였다.

한 달에 한 번씩
저자를 초청해 이야기를 듣고,
실질적인 토론을 하자고 했다.
책은 어려운 책 말고
가급적 쉬운 것으로 골랐다.
만화책도 좋고, 연애소설도 좋고,
여행서나 그림책도 좋았다.
마지막으로 케미가 맞는 팀원들과 함께했다.

지금 다니고 있는 회사는 어떤가?
의미가 있는가?
재미는 느끼는가?

케미는 맞는가?

혹시 아니라고 고개가 가로저어지면
그런 방향으로 어떻게 바꿀 수 있을지
방법을 찾아보는 게 좋다.

우리가 사는 오늘은
어제의 선택에 의한 결과이니 말이다.

봄엔 봄의 일, 여름엔 여름의 일
#

새벽 공기가 차다.
한낮에는 뜨겁다.

봄의 한기 매섭다 한들
겨울보다 찰 수 없다.

봄볕 아무리 따뜻타 한들
여름 뜨거움을 넘지 못한다.

그것이 자연이다.
인간사도 다르지 않을 것이다.

봄엔 봄의 일을,
여름엔 여름의 일을 하면 된다.

순리가 답이다.

욕심 버리기 *vs* 욕심 부리기
#

'어차피 한 번뿐인 인생
욕심 부리며 살지 말자!'

'어차피 한 번뿐인 인생
욕심 좀 내고 살자!'

이 두 생각 사이에서
하루에도 몇 번씩 왔다 갔다 한다.

어떤 인생이 더 좋을지는
살아 봐야 알겠지만….

끈기와 끊기
#

살면서 참 중요하다고
생각되는 것이 '끈기'이다.

'끈기'가 부족하면
뭔가를 제대로 이루기가 어렵다.

못지않게 중요한 것이
'끊기'다.

'끊기'가 부족하면
스스로 주도하는 삶을 살지 못한다.

글쓰기도 '끈기'와 '끊기'의
절묘한 줄타기이다.

오늘도 나는 그 줄타기를 한다.

글과 넋두리 사이
#

출근길엔 생각이 많고,
퇴근길엔 고민이 많다.

생각을 표현하면 글이 되지만,
고민을 표현하면 넋두리가 된다.

글을 쓰면 마음이 정리되지만,
넋두리를 하면 마음이 곤궁해진다.

글은 쌓이면 책이 되나,
넋두리는 쌓이면 자책이 된다.

그래서일까…
출근길엔 일이 당기는데,
퇴근길엔 술이 당긴다.

감정을 마신 날
#

술을 마신 다음 날,

기억나지 않는 말들에 후회한다.

핸드폰을 보면

누군가에게 보내진 문자들과

통화 목록들로 가득하다.

내가 쏟아낸 말과 글의

토사물을 보며

술을 마신 것이 아니라

감정을 마셨구나,

피식 웃고 만다.

사람의 몸의 70퍼센트 이상이 수분이듯,

사람의 삶의 70퍼센트 이상은 감정인 듯싶다.

최선의 플레이
#

농구를 좋아했다.

그런데 키가 작았다.

중학교 때까진 꽤 큰 편이었는데,

자꾸 또래보다 작아졌다.

농구는 키 싸움이다.

슛과 리바운드에 절대 유리하기 때문이다.

키 작은 나로서는 골 밑에서

제 역할을 하기가 어려웠다.

성격상 어깨 싸움도 싫어했다.

괜히 골 밑으로 들어갔다가

거친 몸싸움에 밀려

안경이 깨지고 손가락 삐기가 일쑤였다.

결국 외곽 슛과 패스 중심의

농구를 할 수밖에 없었다.

슛 연습을 참 많이 했다.

적중률이 무척 높아졌다.

그러나 연습 중 적중률로는 부족했다.

실전에선 블로킹 당하기 일쑤였다.

정상적인 폼으로는 안 되었다.

한 템포 빠른 슛이나 패스가 필요했다.

경기를 읽는 넓은 시야도 절실했다.

대신 멋진 폼은 일찌감치 포기해야 했다.

마이클 조던 같은 페이드어웨이 슛도

내게는 맞지 않았다.

그런데 점점 외곽 슛이 먹혔다.

내게도 수비가 붙기 시작했다.

그렇게 팀워크가 형성된다.

안에서 싸워 주고 밖에서 흔들어 줄 때

게임이 잘 풀린다.

게임을 하면 팀플레이가 아닌

자기만의 플레이를 고집하는 사람이 있다.

대체로 팀에서 가장 잘하는

스타플레이어가 그러기 쉽다.

그러나 슛도 패스도 그에게 집중되다 보면
결국 게임은 엉망이 된다.
선수들이 고르게 활약하고,
코트를 넓게 쓰는 팀이 이긴다.

후배들과 야구에 대해 이야기할 때
6번 타자론을 강조하곤 한다.
팀의 스타플레이어는 4번 타자지만,
승리는 6번 타자에 의해 결정될 때가 많다.
상대가 3, 4, 5번 클린업 트리오를 경계하여 거르면
6번 타자에게 기회가 온다는 것이다.
6번 타자의 미덕은 성실함에 있다.
농구에도 식스맨이 승부를 결정지을 때가 많다.

조금 엉성해도 좋다.
꼭 최고가 아니어도 괜찮다.
나만의 폼, 나만의 자부심이 있으면 된다.

협력 플레이는 팀을 강하게 한다.
어느 자리에서든 최선의 플레이는
결국 팀을 승리로 이끈다.

출근길 풍경에서 떠오르는 생각을 써 보세요.

2부

#
노무현 대통령 막내 필사의
글쓰기 생각 쓰기

"여기가 화장실인가요?"
빼꼼히 문을 열고 고개를 내민 분은
다름 아닌 노무현 대통령님이셨다.

2004년, 비서동에서 본관 집무실 옆으로 옮긴
연설비서관실을 찾아 주신 것이다.

'누구신가?' 하고 문 쪽으로 향한 시선은
대통령님의 등장에 놀라움과 당황스러움으로 쭈뼛 섰다.

"손님이 왔는데 들어오란 말도 안하나?"
우리는 황급히 회의 테이블을 치우고 자리를 마련했다.

"차도 안 주나?"
막내인 내가 냉장고를 열어 보니 캔커피뿐이었다.
그냥 드릴 수 없어 잔에 따라 드렸다.

"아~ 시원하네."

살짝 미소를 머금은 채
예의 그 시원한 목소리로 말씀하셨다.

"내가 말하는 것은 좀 하는데,
글로 쓰려면 영 힘들어.
자네들이 고생 좀 해주게."
그러면서 '글'에 대한 당신의 생각을 전하셨다.

"글이라는 것은 작고 디테일한 것에 대한
세심한 '관찰'이 중요할 때도 있고,
크고 거시적인 것에 대한
'통찰'이 필요할 때도 있는 것 같아요."

사실 당황과 긴장으로 무슨 말씀을 더 하셨는지
잘 기억이 나지는 않는다.
하지만 일상의 작은 일에도 깊고 세밀하게 관찰하고,
역사의 큰 흐름은 크고 거시적으로 통찰하라는 말씀은
또렷이 기억에 남는다.

관찰과 통찰은 쓰기와 말하기를 풍부하게 한다.
특히 글쓰기를 통해 말하기를 표현하는

연설에 있어서는 화려한 문장보다는
단순하고 간결한 표현이 더 분명히 전달되고
공감을 이끌어 낼 수 있다.

살아가다 보니 관찰과 통찰을 이끄는 힘이
끊임없는 성찰임을 깨닫게 된다.

대상에 대한 관찰과 통찰도 중요하지만,
주체로서의 성찰도 못지않게 중요하다.

꼭 글쓰기와 말하기뿐이겠는가.
홍보가 그렇고, 삶이 그렇다.

관찰 · 통찰 · 성찰 ||
# #

글을 잘 쓰려면 잘 보아야 한다.
관찰, 통찰, 성찰의 '찰'(察)은 '살필 찰'이다.

관찰의 핵심은 '다르게 보기'이다.
'낯설게 보기'라고도 할 수 있다.
규칙적이고 일상적이지만
의미 있게 느끼고 보는 힘이다.

늘 걷던 보도블록 사이로 피어오르는 풀꽃의 생명력,
매일 나누던 사람들과의 인사 속에서
새삼 느껴지는 관계의 행복을 보는 것도
바로 관찰의 힘일 것이다.

'낯설게 보기'는 자신을 객관화시킬 때
더 용이해질 수 있다.
잘 관찰할 수 있다면 삶의 모든 것이 글이다.

통찰의 핵심은 '묶어서 보기'이다.

잘 묶으려면 잘 나누어야 한다.

나눔도, 묶음도 바른 가치관과 틀이 있어야 한다.

자의적으로 나누고 묶는다면

상대의 공감을 얻을 수 없다.

노무현 대통령께서는 재임 시 대통령 업무일지를

통시적 관점과 동시적 관점이

잘 어우러지게 쓰고 싶어 하셨다.

단순한 연대기적 기록이 아니라,

동시대의 사회적 상황과 현대 정치사 속에서의

의미와 해석까지 담긴 통사적 기록이었으면 하는 마음이셨다.

결국 시대와 역사를 잘 볼 수 있어야 가능한 일이다.

통찰은 시대를 읽는 힘과 역사를 보는 힘이다.

성찰의 핵심은 '솔직히 보기'이다.

나의 내면을 보는 힘,

나를 나대로 볼 수 있는 힘이다.

나를 제대로 봐야 세상도 제대로 볼 수 있다.

세상을 보는 좋은 틀은 성찰에서 시작된다.

성찰은 내면 깊은 곳으로의 여행이다.

성찰의 글과 그렇지 않은 글은

겉으로는 같아 보이지만 읽을수록 다르다.

우리고 우려서 나온 육수의 맛과

그냥 국물의 맛이 같을 수는 없다.

깊은 성찰의 글은 읽는 이의 성찰로 이어진다.

관찰, 통찰, 성찰.

어떻게 하면 잘 볼 수 있을까?

답은 이 문장에 있다고 생각한다.

'사랑하면 알게 되고, 알면 보이나니

그때 보이는 것은 이전 것과 다르리라.'

노무현 대통령의 칭찬

#

2003년 5월 어느 날의 일이다.

"오늘 원고인가? 한번 보자."
"네. 부산국제청소년 국가대표 축구대회입니다."
"음…그래…. 자, 시작해 볼까?"

대통령 영상 메시지는
대체로 2분 분량 정도이다.
행사에 참여하는 것이 좋으나
일정상 어려울 때 미리 찍어 보내게 된다.

원고를 작성한 뒤
프롬프터에 띄워 놓고 대통령님을 기다린다.
촬영은 주로 본관 1층 세종실이나 백악실에서 한다.

촬영이 시작되면 원고 작성자는
침이 마르고 긴장이 고조된다.
원고 내용에 문제는 없는지,

글은 술술 읽히는지, 오탈자는 없는지,
대통령의 표정이나 안색은 편안한지
짧은 시간 동안 여러 가지를 살피게 된다.

노무현 대통령께서는 원고가 마음에 안 들거나
다르게 표현하고 싶으실 때는 자꾸 NG를 내셨다.
스태프들에게 "미안하네!" 사과를 하셨다.
그리고 재촬영할 때에는
즉석에서 원고를 고치기도 하셨다.
그렇게 되면 원고 작성자로서는
참 민망한 상황이 되고 만다.

"누가 썼지? 참 잘 썼네! 고맙네."
다행히 촬영은 NG 없이 한번에 끝났고,
대통령께서는 뜻하지 않은 칭찬을 해주셨다.

글을 좀 쓴다는 이유로 후보 시절부터
연설비서를 맡아 했지만
정말 이 일이 내게 맞을까란 의문이 들던 때였다.

대한민국 내통령 연실이라는 막중한 무게에 비해

내 실력의 일천함을 느끼고 또 느끼던 시절이었다.

며칠을 고민하며 쓰지만
어떨 땐 글이 너무 가볍고, 어떨 땐 이유 없이 무거웠다.
논점을 잃어 헤매는 글, 쓸데없이 장황한 설명,
구어체가 아닌 문어체, 확인 못한 팩트,
대통령의 고민과 철학이 담기지 않은 메시지….
그런 현실이 매일 악몽같이 느껴졌다.
퇴근해서도, 잠자리에 누워도 걱정이 앞섰다.

빨리 그만둬야겠다는 생각으로
하루하루를 버티기도 했다.
갓 서른 초반의 애송이에게는
버겁고 어려운 일이다 싶었다.

이러한 때에 대통령님의 칭찬은
실패로 방전된 내 삶에 새로운 충전이 되었다.
그날 이후로 2년을 더 연설비서관실에서 지냈다.
지금도 여전히 미숙하고, 부족하지만
그 시절 받은 대통령님의 칭찬과 격려는
아직도 이 일을 계속하게 하는 힘이 된다.

내 인생의 벼리 강(綱)
#

"연설비서관실 분들과 관저에서 식사하시자고 합니다."

2004년 헌재의 탄핵 심판이 막바지일 때였다.
광화문의 촛불집회 열기도 더욱 뜨거워지고 있었다.
노무현 대통령께서는 이런저런 얘기나 나누자고
연설비서관실 사람들을 부르셨다.

청와대에서 처음 일할 때 출입증을 받았는데,
색깔이 빨간색이었다.
그것과 다른 파란색도 있었다.
무엇이 다른 걸까 궁금했었다.

비서동까지만 출입 가능한 출입증은 빨간색,
대통령 집무실이 있는 본관 출입이 가능한 것은
파란색이라는 걸 나중에야 알았다.
행정관들은 대체로 빨간색,
비서관 이상과 본관 근무자는 파란색이었다.

이런 제도는 노무현 대통령 취임 직후 바로 바뀌었다.

모든 출입증을 파란색으로 통일시킨 것이다.

노무현 대통령께서는 비서관이나 행정관이나

차등을 두지 않으셨다.

회의나 식사를 할 때에도 마찬가지셨다.

"요즘 촛불집회 이후를 걱정하는 분들이 많다고 합니다."

대통령님 앞에서 뭐라도 한마디 하고 싶은 생각에 입을 열었다.

"왜요?"

대통령께서는 무슨 말이냐는 듯 물으셨다.

"아무래도 거리의 질서가

법의 질서를 흔들까 하는 우려 같습니다."

지금 생각해 보면 당돌하기 이를 데 없는 말이었다.

듣기에 따라서는 매우 불쾌한 말일 수도 있었다.

"누가 그러던가요?"

"아, 예…, 학교 교수님들과 대화를

나누는 중에 나온 얘기입니다."

수습해 보려 할수록 자꾸 말이 꼬이는 걸 느꼈다.

이미 엎질러진 물이었다.

대통령께서는 잠시 나를 쳐다보시고는

빙긋이 웃으며 말씀을 이어 가셨다.

"원래 땅의 주인은 사람이고 자연이에요.

그 위에 사람들이 지나다니는 곳이 길이지.

그러다가 우마차가 생기게 되고

우마차가 지나가는 길이 만들어졌겠지.

사람이 다니는 길을 빌려서

우마차는 사람을 피해서 다니게 되는 거였지.

찻길도 마찬가지이지.

차가 적을 때는 차가 사람들을 피해 다녔을 거야.

그러다가 안전에 문제가 생기니

도로가 생기게 된 것 아닐까?

결국 사람에게 우선권이 있는 것이야.

질서도 사람이 먼저인 것이지."

내 기억이 정확하지는 않지만,

이런 취지의 말씀을 매우 소상히 얘기해 주셨다.

이후 밥을 입으로 먹었는지 코로 먹었는지 정신이 없었다.

생각해 보면 산업화 시대에 성장한 나로서는
자동차와 도로가 우선이라고 사회화 되었던 듯하다.
멀쩡히 잘 살고 있던 집들도
고속도로나 국도로 편입되면
허물고 이주해야 하던 시절이었다.
자동차가 보행자를 조심해야 한다고 배우기보다는
보행자가 자동차를 조심해야 한다고 배웠다.

사회의 안녕과 질서라는 명분은
항상 개인의 자유와 행복 추구에 앞섰다.
국가의 성장과 발전을 위해
개인의 자유와 인권을 양보하는 것을
미덕으로 삼던 것을 보고 배우며 자라왔다.

노 대통령님의 말씀은 그런 생각을 근본부터
뒤흔드는 죽비 같은 것이었다.

삼강오륜의 '강'은 '벼리 강'이다.
'벼리 강(綱)'은 바늘코만 풀면
모든 실타래가 술술 풀어지는 어원이라고 한다.

노 대통령님과의 대화는
내 인생의 '벼리 강'과도 같았다.

그분이 늘 말씀하셨던
'사람 사는 세상'의 울림이
내 안에서 여전히 울리고 있다.

대통령의 첨삭 지도
#

"대통령님의 가필 원고가 내려왔습니다."

2003년 가을 국방일보 '추억의 내무반' 코너
100회 특집으로 특별기고 기획이 만들어졌다.
기존 대통령님 병영 관련 글들을 참고해서
초안을 만들어 올렸고,
그 초안에 수정 가필이 되어 다시 내려왔다.
(당시에는 전자 문서보고 시스템이 없었다.)

대통령께서는 불필요하다고 생각하신
두 문단 정도는 통으로 삭제하셨고,
세 꼭지 정도를 추가하셨다.

초안은 객관적인 시점으로 표현했다.
대통령님의 느낌을 온전히 담기가
조심스러웠기 때문이다.
그래서 연설문 담당자는
연설자에 '빙의'하는 것이 필요하다.

"눈이 왔다고 좋아하다가 고참에게 혼난 일을

좀 더 생생하게 쓰면 어떨까?"

그때의 감정을 정확히 짚어 주시니

수정 작업이 훨씬 수월했다.

"당번병으로 수개월 근무.

물 길어 올리기 힘들어서

전방 철책선 중대로 가서 중대본부 근무.

나중에는 소대로 가서 철책 근무도 하고,

GP 근무도 하다가 제대."

굳이 멋지고 화려한 감성 표현을 하지 않아도 된다.

사실만 나열해도 독자인 병사들에게는

공감대를 일으키는 기고문이 될 수 있다.

결국 글쓰기는 부지런한 취재가 바탕이 되어야 한다.

"엄○○라는 친구가 있었는데,

항상 어려운 일, 궂은 일 앞장섬.

제병 지휘본부 차출 지원.

국군의 날 사열하면서 그 친구 생각.

지금은 어디서 무얼 하는지 모르지만

언제나 남을 편안하게 해주는 좋은 이웃일 것.
이른 바 적극적 사고란 것이지요.
어려운 일을 자원하는 친구가
바로 군대 생활을 잘하는 사람."

흔히 말하는 스토리텔링 기법을
정확히 파악하시고 구현해 내셨다.
엄ㅇㅇ라는 군 동기를 떠올리시며
군 경험이 있다면 누구에게나 있을
선후임과 동기들의 얼굴을 기억하게 하셨다.

그날의 가필 수정은
노 대통령님의 글쓰기 방식과 스타일에 대한
중요한 교본이 됐다.

Feeling(느낌 전달),
Fact(사실 취재),
Storytelling(스토리텔링)만 잘 정리해도
글쓰기의 반은 완성된 셈이다.

정해 놓은 길은 없다
#

"이 비행기는 서울로 가지 않습니다."

2004년 프랑스 순방을 마치고
서울로 향하던 비행기 안에서 기자들을 향해
노무현 대통령께서 말씀하셨다.

라오스, 영국, 폴란드, 프랑스,
4개국 순방을 마치고 귀국을 앞둔 아침은
무척 한가롭고 평온했다.
홍보수석실 사무실로 사용하던 곳을
돌아보며 짐 정리를 하고 있는데,
선배가 잠깐 얘기 좀 하자고 불렀다.

"오늘 서울로 귀국 안 한다."
"네? 그럼 어디로⋯."
"이라크 자이툰!"
"아⋯."
"일단 너만 알고 있고,

기자들 카메라 들고 타게 해라."

서둘러 짐을 정리하고, 기자실로 향했다.
"선배, 카메라 제가 들고 탈까요?
비싼 건데 상하면 안 돼지."
"갑자기 뭐야? 비행기에서 중대 발표 있어?"
눈치가 빠른 카메라 기자들이다.
"그건 잘 모르겠고,
암튼 들고 타는 게 좋을 것 같아요."
"놔 둬. 내가 들고 탈게."

내용은 함구하되 분위기는 띄워 놓았다.
호기심 많은 기자들이 자꾸 물어보았다.
모르는 것은 모르는 것이고,
알려 줄 수 없는 것은 알려 줄 수 없는 것이다.

군사 분쟁지역을 통과해야 하는 일이었기에
철저한 사전 보안이 필요했다.
본국에 있는 사무실 동료는 물론
가족들에게조차 알리지 않았다.

드디어 비행기가 이륙했고,

한 시간 뒤 기내 기자회견이 진행됐다.

자이툰 부대가 주둔한 아르빌까지

들어가야 하는 취재진과 스태프들이 결정됐고,

민간지역에 위치하는 베이스캠프도 꾸려졌다.

노 대통령님은 헬기를 타고 작전지역으로 가셨고,

그 유명한 병사와의 포옹 사진이 세상에 공개되었다.

인생의 가장 의미 있고 짜릿한 순간을 꼽으라면

아마 이때의 경험이 아닐까 싶다.

인생을 살다 보면

이미 정해 놓은 경로로 가지 않을 때가 많다.

어디로 가는지도 모르고,

또 제대로 가는지도 몰라 불안에 떨기도 한다.

그러나 그 길이 인생의 잊지 못할 드라마가 될 수 있다.

이미 정해 놓은 길이란 없다.

있다면 그 길은 뻔한 길이다.

가지 않은 길은 새로운 자극을 준다.

'당신의 인생 비행기는

당신이 미리 정한 목적지로 가지 않습니다.'

혹시 살면서 이런 멘트가 들려온다면,

실패나 좌절이 아니라

새로운 인생 드라마가 펼쳐지는

희망의 안내 방송이라 여겨도 좋다.

평생 기억에 남을 문구
#

11년 전 남북정상회담을 앞둔 어느 날이었다.
경의선 군사분계선 기념비 문구 요청이 왔다.

'평화로 가는 길
번영으로 가는 길'

연설비서관실에서 내가 제안한 문구로
대통령께 보고를 올렸다.

며칠 후 부속실로부터
대통령께서 조금 손 본 문구로
확정하셨다는 이야기를 들었다.

'평화를 다지는 길
번영으로 가는 길'

평화로 가는 길은 김대중 대통령께서
먼저 가신 길이고,

그 길을 다지고 다져서
번영으로 가겠다는 의지가 담긴 것이었다.
노 대통령님다운 정직함과 적확함이 느껴졌다.

기념비석은 지금도 여전히
경의선로에 잘 세워져 있다.
남북 평화의 흐름도 지속되고 있다.
서해 하늘 길로 평양을 방문해
정상회담을 갖기도 했고,
판문점에서 깜짝 회담을 하기도 했다.

땅의 길이 열리고, 하늘 길이 열리고,
앞으로 새로운 바닷길도 열릴 것이다.
그 길로 평화의 교류가 오고갈 것이다.

남북 정상의 지속적인 평화의 발걸음이
'평화를 다지는 길
번영으로 가는 길
행복이 열리는 길'
로 향했으면 좋겠다.

기록의 중요성
#

"장 담당관이 녹음하고 있었나요?"

아침 회의 때 박남춘 인천시장께서 물으셨다.

"네! 습관이 돼서…."

"좋아요. 그렇게 해주시고,

시간이 걸리더라도 시스템화 시켜야 합니다."

기록물 관리의 중요성과

향후 체계적인 관리 방안을 논의하던 차였다.

"내가 하는 회의도 전부 기록해야 해요.

노무현 대통령도 그렇게 하셨거든.

그래야 투명해지고 소통도 분명해져요."

진짜 그랬다.

노 대통령님의 일정은 모두 기록되었다.

공식 행사 이외에 회의나 개별 면담까지도

녹음을 하고 녹취를 풀어 기록을 남겼다.

임기 말에는 이 방대한 기록들을

체계적으로 보관 분류하여

후임에게 남겨 주고자 하셨다.

대통령님뿐만 아니라 각 비서실에서도

기록물 관리를 철저히 해서 넘겨주라고 하셨다.

기록이 역사이고, 역사는 기록을 통해

진보한다는 믿음 때문이었다.

충남도청 메시지팀장으로 일할 때에도

도지사의 모든 일정이 기록되도록

시스템을 정비했다.

메시지팀은 외부 일정을,

기획실은 내부 일정을 분담하여 기록했고,

그 기록은 각 실국에 전달하여

도정 상황과 지시사항 등을 공유하도록 했다.

행정포털에 도지사의 메시지뿐 아니라

부서에서 올린 참고자료 등을 올려서

실국 간 업무를 이해할 수 있도록 했다.

'기억이 곧 존재다'라는 말이 있다.

그렇다면 기록은 곧 존재의 증거이다.

존재의 이어짐이 역사라고 한다면,

역사는 기록 속에 존재할 것이다.

적자생존이라 하지 않는가.

역사는 적는 자,

즉 기록하는 자의 것이다.

10초 자기소개
#

"10초 동안 자기소개를 해보세요."

글쓰기 강의를 할 때마다
가장 먼저 던지는 질문이다.
이름하여 '10초 스피치.'
말하는 속도는 1분에 300~330자쯤 된다.
10초면 50~60자다.

느닷없는 제안에 처음엔 당황들을 하지만
한 명 한 명 소개를 이어 간다.
소개 스타일이 천차만별이다.
간단히 자기 소속과 이름을 밝히는 정보형 소개도 있고,
자기 인상을 각인시키는 감성형 소개도 있다.

50자로 자기소개를 하는 건 생각보다 쉽지 않다.
뒤로 갈수록 생각할 시간이 있으니
글로 써서 준비하는 이도 있을 것이다.

생각이 말이 되고, 말이 글이 된다.

좋은 글은 좋은 말이자, 좋은 생각이다.

앞사람이 재치 있는 말로 승부한다면,

뒷사람은 정갈하고 적확한 글로 승부한다.

아이디어는 뒤로 갈수록 고갈되고

생각할 여유는 뒤로 갈수록 많아질 테니 말이다.

서로 유리한 지점이 다르다.

말과 글은 선택이다.

주어진 시간 내에 혹은 지면 안에

내가 하고 싶고, 꼭 전달하고 싶은 생각을

가장 효과적으로 표현하는 방법이다.

그러니 후회라는 기회비용은 늘 발생한다.

그 기회비용을 최소화 하는 것이

곧 생각의 시간이고, 글쓰기 연습이다.

글을 대하는 나의 자세
# #

1.

내 글이 다른 사람의 마음에 들어가
그림이 되고 음악이 되었으면 좋겠다.

세상을 표현해내는 유일한 재주가 글 쓰는 일뿐이기에
글로 그림을 그리고, 글로 연주를 하게 된다.

보기 좋은 글, 듣기 좋은 글만 쓰면 좋겠지만
때론 남의 맘을 아프게 하는 글도 쓰게 된다.

말빚 못지않게 글빚도 업보라는데,
시나브로 큰 업보를 지고 살고 있다.

그래도 글이 말보다는 착하다.
한 번 더 생각하는 순화의 시간을 거쳐서가 아닐까?

2.

글을 쓸 때

글이 그저 글자로만 느껴지면
좋은 글이 나오기 어렵다.

글을 쓰기 전에 글의 내용이
그림처럼, 영상처럼 보여져야 한다.

꽃에 대해 쓴다면
그 꽃의 색과 모양이 그려지고
향기와 촉감이 느껴져야 한다.

어떤 사건에 대해 쓴다면
누군가에게 그 사건을 이야기해 주는
나의 모습이 보여져야 한다.

글이 화상화 되는 경험을 해본다면
글을 쓸 때 한결 더 편하고,
좋은 글을 쓸 수 있다.

그래서 독서가 중요하다.
좋은 글을 읽으며
글이 화상으로 보여지는 경험을 얻으면

글을 쓸 때 큰 도움이 된다.

글은 문자와 단어의 조합기술이 아니라,
감각과 상상력의 창조예술이다.

3.
글을 쓴다는 것은
흡사 엉켰던 타래를 푸는 것과 같다.

전혀 풀리지 않아 보이던 글덩이가
어느새 하나의 콘셉트로 나타나고,
이어 구조가 생기고 스토리로 정리될 때
뭔가 쌓였던 스트레스도 함께 풀리게 된다.
그래서 글을 쓴다는 것은
노동이기도 하지만 여흥이기도 하다.

초고를 마치고, 새 아침에
이성적인 관점에서 이루어질
퇴고를 기다리는 것도 묘한 설렘이다.
그렇게 짧은 글 하나가 세상에 태어난다.

글 근육 키우기
#

"글 근육을 키워야 해."
직장 후배들과 이야기를 나누다가
불쑥 나온 말이다.

몸의 근육을 키우기 위해선 어떻게 해야 할까?
우선 운동량이 많아야 한다.

글을 잘 쓰기 위해서도
많이 써 보아야 한다.
머릿속에서만 쓰는 글은
글이 아니라 생각일 뿐이다.

규칙적이고 체계적인 글쓰기를 해야 한다.
운동을 했다 안 했다 하면
근육이 생기기 어렵고
생긴다고 해도 균형 잡힌 몸이 되지 않는다.

글도 늘 규칙적으로 쓰는 사람과

간헐적 글쓰기를 하는 사람은
차이가 생길 수밖에 없다.

매일 일기를 쓰는 사람이나
정해진 시간에 글쓰기를 하는 사람이라면
머지않아 좋은 글을 쓸 것이다.
아니, 벌써 좋은 글을 쓰고 있는지도 모른다.

좋은 근육을 만들려면
먹는 것에 신경을 써야 하듯
좋은 글을 쓰려면
좋은 글을 읽어야 한다.
독서의 양이 글을 풍성하게 하고,
독서의 질이 글을 깊이 있게 한다.

꼭 책이 아니더라도
좋은 콘텐츠나 대화와 토론도
글 근육을 키워 주는 좋은 영양소다.

결국 어떤 근육이든
시간과 노력이 중요하다.

글 튼튼! 생각 튼튼!

건강한 글쓰기를 위하여!

보고서는 대화이다
#

"보고서는 어떻게 쓰는 게 좋은가요?"
"어떤 보고서가 좋은 보고서인가요?"
참 어려운 질문이다.

보고서는 대화이다.
상대가 있는 게임이란 것이다.
게임에는 저마다의 룰이 있다.
상대와의 명시적인 약속이거나
관행에 의한 합의인 것이다.
또한 시간의 제약에 놓인다.
보고자는 준비할 시간이 짧고,
보고받는 이는 읽을 시간이 짧다.

결국 보고서 작성은
자기 혼자만의 무한정 싸움이 아니라,
상대에게 전할 이야기를 어떻게 하면
가장 효과적으로 전달하느냐의 문제이다.

나는 보고를 받을 때,

보고서를 소리 내어 읽어 보곤 한다.

보고자에게도 한번 읽어 보라고 한다.

읽다 보면 걸리는 부분을 만나게 된다.

이해가 안 되거나 과장이거나 비약이거나

비문이거나 근거가 없거나 모순이거나….

어떤 이유로든 막히는 지점이 생긴다.

그런 때는 무엇을 말하고 싶었는지

평상시 말로 해보라고 제안한다.

말한 대로 잘 정리만 해도 막힌 부분이 뚫린다.

어려운 용어나 멋진 표현을 하려 할 때

오히려 길을 잃기 쉽다.

보고받는 사람의 특성을 알아두는 것도 좋다.

짧지만 핵심적이고 연역적인 것을 좋아하는지,

다소 길어도 충분한 설명과 자료를 좋아하는지

사람마다 다를 수 있기 때문이다.

보고 내용의 긴급도와 중요도도 파악해야 한다.

긴급하고 중요한 것은 형식에 구애 없이

신속하게 보고하는 것이 좋다.

시기를 놓친 보고서는

아무리 잘 만들어도 그냥 종이일 뿐이다.

긴급하지만 중요하지 않은 내용과

중요하지만 긴급하지 않은 내용 중에서

어느 것을 먼저 보고해야 할까?

나는 전자라고 생각한다.

후자는 형식을 잘 갖춰

적절한 때에 보고하면 된다.

결국 보고서 작성도 센스가 필요하다.

글을 쓰는 것과 마찬가지로

보고를 하는 일에 두려움을 가져서는 안 된다.

보고받는 사람과 대화하듯, 보고서를 작성해 보라.

또 보고하는 장면을 상상하며 작성해 보라.

그 장면이 구체적으로 그려지기 시작하면

보고서의 질도 점점 좋아질 것이다.

무엇보다 보고받는 이의

시간을 아껴 주려고 노력해야 한다.

그들은 항상 바쁘다.

그래서 늘 짧고도 짧은 보고서를 기대한다.

이 책을 읽는 법
# #

《장하준의 경제학 강의》(부키, 2014)를 읽은 적이 있다.
장하준은 영국 케임브리지대학 경제학 교수이다.
그의 책 중 한 페이지가 내 눈을 사로잡고, 뇌리에 꽂혔다.
바로 '이 책을 읽는 법'이다.

학생들의 수많은 리포트를 읽었을 그가
국민들 앞에 이 두꺼운 책을 낼 때
어떤 마음과 자세였을지 가늠이 된다.
그의 제안은 이렇다.

- 10분이 있다면 : 각 장의 제목과 첫 페이지를 읽는다. …
- 한두 시간이 있다면 : 1장과 2장, 그리고 에필로그를 읽고 나머지는 그냥 훑어 본다.
- 반나절을 할애할 수 있다면 : 표제와 부제만 읽는다. …
- 이 책을 모두 읽을 시간과 인내심이 있다면 : 부디 그렇게 해주길 부탁 드린다. …

'이 책을 읽는 법'은 시간과 관심에 따라

보고서를 달리 작성해야 한다는 제안으로 들리기도 한다.

먼저 짧고 핵심적인 요약을 만들어 본다.

이는 보고서 전체를 읽고 싶게끔 하는

30초짜리 광고와 같은 역할을 한다.

주제마다 타이틀은 압축적이고 섹시하게 달자.

제목만 봐도 내용을 어느 정도 알 수 있게 하자.

세상에 10분을 할애해 주는 사람은 많지 않다.

내용에는 계급장을 잘 매겨야 한다.

장군은 장군끼리, 영관급은 영관급끼리,

사병은 사병끼리 잘 분류해 주어야 한다.

메인타이틀과 서브타이틀 그리고 설명부를

구분해서 작성하는 것이 좋다는 것이다.

참고로 내 보고서 계급 체계는

□ ○ - ・ ※ 〉 순서이다.

'□'는 포괄적 내용을 축약한 것이다.

시간이 없을 때는 이것만 보면 된다.

'○'는 좀 더 구체적인 내용이 담긴다.

'-'는 더 세세한 내용이 담긴다.

'•'는 '-'보다 더 세부적인 설명이 들어간다.

'※'는 참고 자료들의 요약이다.

'>'는 제언이나 요구사항을 의미한다.

말보다는 수치가 더 강력하다.

각종 통계와 지표, 조사 수치를 활용하면

보고서가 짧아지고 힘이 생긴다.

자기만의 차별화된 제안은 꼭 담자.

사실의 나열은 아무리 잘해도 60점 이하이고,

아이디어 넘치는 제안은 아무리 못해도 60점 이상이다.

알고 보면…
#

"알고 보면 좋은 사람입니다."

참 묘한 말이다.

칭찬 같기도 하고, 아닌 것 같기도 하다.

모르고 보면 별로인 사람이란 뜻일까?

이런 것을 억양법이라고 한다.

뒤에 오는 사실을 더 강조하기 위해

앞을 반대로 좀 더 과하게 표현하는 것이다.

0에서 10까지가 아니라

-10에서 시작해서 10과 비교 표현할 때

더욱 도드라져 보이기 때문이다.

예를 들면 이렇다.

"저 친구 생긴 것은 산적인데, 일하는 것은 정승일세그려."

상대방이 일을 잘한다는 칭찬으로 들어주면 좋은데,

산적같이 생겼다는 데 초점이 맞춰지면 욕이 된다.

억양법은 오해의 소지가 있을 수 있다.

서로 대화를 많이 해본 사람이어야 그 효과가 높다.

대중을 상대로 했을 때

의미가 왜곡되는 경우가 더러 있다.

그래서 때때로 언론의 표적이 되기도 한다.

주로 솔직한 사람들이

억양법을 잘 쓰곤 한다.

내가 하는 말이 빈말이 아님을

강조하는 마음일 게다.

홍보적 관점에서는

억양법을 가급적 지양하기를 권한다.

앞서 말한 왜곡을 방지하기 위해서다.

"제가 교회에는 안 다니지만

하나님의 말씀은 언제나 마음속에 새기고 있습니다."

이런 글을 연설문 초안으로 올렸을 때

선배가 앞줄을 삭제했던 것이 기억난다.

굳이 알리지 않아도 되는 내용이고, 이로울 것이 없다는 것.

요즘 말로 하면 TMI(Too Much Information)이다.

굳이 한다면 점층법을 권한다.

"만나면 만날수록, 알면 알수록,

보면 볼수록 좋은 분인 것 같습니다."

"알고 보면"이란 표현보다는

오해의 소지를 줄일 수 있지 않을까?

사람 간의 소통도 작은 부분 하나만 개선해도

보다 부드러워질 수 있다.

물론 어떤 말을 하더라도

상대의 진의를 꼬임 없이 받아들일 수 있다면

금상첨화겠지만 말이다.

가장 적확한 표현 찾기
#

글을 쓸 때 가장 신경 쓰는 것 중 하나가

적확한 단어나 표현을 찾아내는 일이다.

'정확'은 절대적인 느낌이 있는 반면,

'적확'은 상대적인 느낌이 있는 단어다.

즉, 상황이나 느낌 등을 가장 적절하게 표현해내는 일이다.

같은 뜻을 가진 단어라 해도

무게, 심도, 온도, 감도 등이 다르다.

표현하고자 하는 생각이나 느낌과

가장 잘 맞는 단어와 문장을 찾았을 때

카타르시스와 같은 희열을 느낀다.

나는 부사로 꾸며서 표현하기보다는

한 단어로 표현하는 것을 더 선호한다.

영어 표현으로 치면

'good〈very good〈very very good'이 아니라

'good〈better〈best'로 표현하는 것이랄까.

단어 속에 이미 부사나 형용사가
포함되어 있는 단어를 찾기 위해 노력한다.

대통령 연설을 쓸 때,
첫 문장을 쓰기 위해서
하루를 꼬박 보낸 적이 있다.
15포인트 글자 크기에
A4 용지 서너 장을 채우는 일에
며칠이 걸릴 때도 많았다.

2,000~3,000자 내외의 글을 써도
어떤 단어가 어디에 몇 번 들어갔는지
모두 외울 정도가 된다.
흐름이 어색한 부분은 어디이고,
마음에 걸리는 단어는 무엇인지,
눈을 감으면 영상처럼 글이 흘러내린다.

단어 본연의 뜻과 맛이 있는데
전혀 엉뚱하게 사용하는 경우가 있다.
표현하고자 하는 뜻과 다르게
상대방이 해석하는 경우도 있다.

올바른 커뮤니케이션을 위해서도

사전적 의미에 맞는 적확한 단어의 사용이 필요하다.

정치인들이나 공인들이

SNS에서 곤욕을 치르는 것도

이러한 노력의 부족과 부주의한 표현 때문이다.

현장성이 강한 말과 달리

글은 오래도록 보존되는 기록물이다.

더욱 신중하고 책임감 있게 다뤄져야 한다.

마음에 드는 글쓰기를 위한 10가지 습관

# #

청년들을 위한 글쓰기 강의를 한 적이 있다.
인문학에 익숙하지 않은 학생들이었다.
강의 제목을 무엇으로 할까 고민했다.
일단 '글쓰기는 습관'이라는 것을 전하고 싶었다.

'글쓰기를 위한 10가지 습관'
제목으로 약간 밋밋했다.
'좋은 글쓰기'라고 하려니
좋은 글, 나쁜 글이 어디 있나 싶었다.
취업을 앞둔 친구들이니
아무래도 '성공'이란 말을 넣으면 좋을까 생각했다.
'성공하는 글쓰기를 위한 10가지 습관'
이렇게 제목을 정하고 강의를 했다.

생각해 보니 '성공적인 글쓰기'도
다소 과장이 있다.
지금 다시 정하라고 한다면,
'마음에 드는 글쓰기'가 어떨까 싶다.

내 마음에도 들고, 보는 이의 마음에도 들고.

그 정도를 위한 글쓰기 습관.

글쓰기에 대단한 비법이 있다고 생각하지 않는다.

그런 비법이 있다 해도

단 몇 번의 강의로 글이 좋아지지는 않는다.

글은 인생과 지식 축적의 표현이고,

글쓰기는 습관과 숙련의 결과이다.

모든 표현 예술이 그러하듯

그 평가는 매우 상대적이다.

그래서 너무 큰 욕심을 내는 건 안 좋다.

그렇다면 내 마음에 드는 글쓰기는 어떻게 하면 될까?

첫째, 단문으로 써라.

단문이 이해도 쉽고 힘이 있다.

단문은 문장의 길고 짧음이 아니다.

주어 하나, 술어 하나의 구조이다.

하나의 문장에 하나의 의미면 족하다.

욕심은 글을 복잡하게 할 뿐이다.

둘째, 부사어와 접속어를 절제하라.

없으면 허전하고 글이 안 될 것 같지만

오히려 담백하고 문장에 힘이 생긴다.

셋째, 구어체로 써 보라.

읽기 좋은 글이 보기에도 좋다.

쓰다 보면 자연스레 문어체가 된다.

글체가 문어체이고, 말체가 구어체이다.

구어체인지 문어체인지 헷갈릴 때도 있다.

글을 다 쓰고 소리 내어 읽어 보라.

읽다가 막히는 부분이 어색한 부분이다.

술술 잘 읽힌다면 구어체로 잘 쓴 것이다.

넷째, 글과 문단에 제목을 달아 보라.

제목 없는 글은 문패 없는 글이다.

문단의 첫 문장을 제목으로 만들어 보라.

두괄식 문장이 되고,

전달하고자 하는 뜻도 분명해진다.

다섯째, 팩트(fact)를 사랑하라.

글에 있어서 팩트가 창이요 방패다.

베짱이 식의 화려한 글보다는

부지런한 취재로 완성되는 일개미 글을 써라.

여섯째, 읽을 대상을 상상하고 써라.

불특정 다수를 상정하면 글은 허공에 뜰 수 있다.

구체적인 대상을 정하고

그 대상과 대화하듯 쓰는 것이 좋다.

일곱째, 초고보다 긴 퇴고의 시간을 가져라.

한 시간의 글쓰기라면

15분은 초고, 45분은 퇴고로 쓸 것을 권한다.

글쓰기는 담금질이다.

많이 두드리고 담글수록 더욱 강해진다.

여덟째, 어떤 글이든 운율을 고려하면 더 좋다.

운율은 글 읽기를 즐겁게 한다.

시처럼, 노래처럼, 랩처럼

입에 착착 붙는 글쓰기를 권한다.

아홉째, 좋은 글을 많이 읽자.

굳이 설명이 필요 없는 부분이다.

글쓰기의 가장 좋은 스승은 좋은 글 읽기다.

마지막으로, 비평을 두려워 말라.
'첫 독자'의 비평이 가장 중요하다.
나의 '첫 독자'를 누구로 할 것인가,
그리고 '마지막 독자'를 누구로 할 것인가를 정해 보라.
그들의 냉철한 비평이 글쓰기를 더욱 단련시킬 것이다.

글을 쓰는 일을 저작(著作) 활동이라고 한다.
음식을 씹는 행위도 저작(咀嚼)이라고 한다.
한자는 다르지만,
잘 씹고 소화해야 좋은 글을 쓰고,
사람들에게도 그 글의 영양소가
잘 전달되지 않을까 하여 내겐 같은 의미로 읽힌다.

나는 글을 쓸 때 가장 행복하다.
일상에서 글을 쓰는 일이 행복한
'생활 글쟁이'들이 많아지기를….

내 인생의 작품집
#

나는 단편소설을 좋아한다.

중편과 장편, 대하소설도 저마다의 맛이 있지만, 바쁘게 살아가는 일상 속에서 단편소설만큼 쉽게 손에 쥐고, 가볍게 읽어 내기는 쉽지 않다. 지하철을 타고 갈 때, 긴 밤 잠 못 이룰 때, 카페에서 누군가를 기다릴 때 한 편의 단편소설은 그야말로 좋은 친구가 된다. 길이가 짧다고 해서 내용의 깊이가 얕은 것은 아니다. 함축적이긴 하지만 여운의 길이는 길다.

단편소설은 한 편으로 한 권의 책이 되기 어렵다. 한 명의 작가가 여러 단편 소설을 엮거나, 여러 명의 작가가 각자의 작품을 내서 만들어야 한다. 사실 소설을 자주 읽지 않는 사람이라면, 그 많은 소설가 중 어떤 작가의 작품을 골라 읽어야 할지 난감해할지 모른다. 그럴 때마다 내가 추천하는 책이 있다.

겨울이 끝나가고 봄의 기운이 움틀 무렵이면 평소보다 더 자주 서점에 들른다. 마치 그 해의 보졸레 누보(Beaujolais Nouveau)를 기다리는 와인 애호가처럼, 그렇게 한 권의 책을 만나기 위해서다.

'이상문학상 작품집.' 1976년부터 시작하여 매해 나오고 있다. 해마다 '이번에는 누구의 어떤 작품이 대상이 되었을까?' 궁금하기도 하고, 또 기대도 된다. 또 올해의 소설의 맛은 어떤 풍미와 식감을 가지고 있을까 상상해 보기도 한다.

매해 만나는 작품집은 내게는 새로운 세계와의 소통이다. 당대 내로라하는 작가들의 멋진 이야기의 향연이며, 사람을 느끼게 하고 시대와 공감하며 더 큰 세상을 꿈꾸게 하기 때문이다. 작품 하나하나를 읽을 때마다 사고는 깊어지고 시야는 넓어짐을 느낀다.

1987년 이문열의 '우리들의 일그러진 영웅', 1996년 윤대녕의 '천지간', 1999년 박상우의 '내 마음의 옥탑방', 2001년 신경숙의 '부석사', 2004년 김훈의 '화장', 2005년 한강의 '몽고반점', 2011년 공지영의 '맨발로 글목을 돌다' 그리고 2019년 윤이형의 '그들의 첫 번째와 두 번째 고양이'까지. 돌이켜 보면 기라성 같은 작가들의 주옥같은 글은 시대를 반영하고 내 인생을 조명해 주었다.

이상문학상 작품집은 모든 메뉴가 일품 식당의 요리처럼 맛나게 차려진 뷔페식당 같다. 배가 고프다면, 그리고 맛을 느낄 준비가 됐다면 이제부터 차곡차곡 내 인생의 작품을 맛보는 여행을 떠나 보면 어떨까?

아침마다 칼럼 읽기
#

아침마다 칼럼을 읽는다.

청와대 근무 때부터의 습관이다.

15개 정도를 읽고 나면

세상 돌아가는 일들을 얼추 알 수 있다.

어떤 일이 화제가 되고 있는지,

매체별로 어떤 관점으로 보고 있는지 비교도 해본다.

다양한 사안에 대한 전문가들의 식견부터

평소 생각지 못했던 분야의 이야기까지,

칼럼 읽기는 아침의 중요한 일과가 된다.

칼럼의 필자들은 대체로 글을 잘 쓴다.

주어진 지면에 꼭 필요한 문장과 문단을

솜씨 좋게 구성해 낸다.

물론 어떤 글은 현학적인 내용으로

자기만 알 법한 글쓰기로 가득 차 있다.

자신만의 세세관에 치우친 글도 있다.

사실보다는 주장이 앞서는 경우도 있다.

글쓰기의 관점에서만 보면
매일 칼럼 읽기는 좋은 훈련이 된다.

우선 소재가 다양해지고
생각이 풍성해진다.
한 편의 칼럼을 완성하기 위해
필자는 꽤나 많은 공을 들였으리라.

각각의 주제에 대해서
나라면 어떻게 썼을까 상상해 본다.

술술 읽히는 글과
그렇지 않은 글을 비교해 보기도 한다.

꽤 오래가는 주제들이 있고,
단발성으로 끝나는 주제들도 있다.
때가 되고 철이 되면 반복해서 나오는
계기성 주제도 있다.

제목에 비해 내용이 허술한 글도 있고,
소소하지만 힘이 있는 글도 있다.

매일의 칼럼 안에는

정치도 있고, 정책도 있고,

인문학도 있고, 과학도 있다.

또한 세계도 있고, 지역도 있고,

기업도 있고, 가정도 있다.

제일 좋은 것은

1,000자 내외의 글을 읽는 데

많은 시간이 들지 않는다는 점이다.

생각을 좀 더 단련하고 싶다면,

글쓰기를 좀 더 잘하고 싶다면,

다양한 칼럼들을 읽어 보기를 권한다.

좋은 글 좋은 사람
#

글을 읽다 보면
좋은 글들을 많이 만난다.
어떤 글이 좋은 글인가?

망치와 같은 글이 좋다.
심오한 깊이로
내 머리를 쾅 두드리고,
묵직한 울림으로
내 마음을 울려 고동치게 만드는 글.
그 울림이 오래갈수록
내 생각의 진동도 오래가게 된다.
뭉쳐 있던 생각의 덩어리를 깨주어
내가 보지 못했던 생각의 내면을 읽게 해준다.

도끼와 같은 글이 좋다.
강하고 예리한 날로
선입견과 고정관념으로 굳게 서 있는
나를 쓰러뜨리는 글.

어디엔가 좋은 재목으로 쓰일 수 있도록
적당한 크기로 자르는 힘도 있다.
좋은 글은 세상의 쓰임에 맞는
좋은 재목의 사람을 만들어 준다.

송곳과 같은 글이 좋다.
두루뭉술하게 넘어가지 않고
핵심을 찔러 논점을 분명히 한 글이다.
글과 말의 홍수 속에서
촌철살인의 힘으로 생각과 뜻을
전달하는 일은 여간 쉽지 않다.
한 단어, 한 문장이라도
진부함을 뛰어넘는 송곳 같은 찌름이 있다면
내게는 참 좋은 글이다.

바늘과 같은 글이 좋다.
한 땀 한 땀 정성스러운 글의 이음이
느껴질 수 있는 글이 좋다.
다친 마음과 상처를 꿰매 주어
아물게 하고 위안이 되는 글이 좋다.
또 주사 바늘처럼 내 지식의 혈관에 꽂혀

지혜의 영양제를 공급해 주는 글이 좋다.

그럼에도 불구하고
내가 생각하는 가장 좋은 글은
바로 자석과 같은 글이다.
그냥 내 마음이 끌리는 글이다.
내 눈을 끄는 글이다.
첫 문장을 읽고
마지막 문장까지 어쩔 수 없이 읽게 되는 글.
그것이 자석 같은 글의 힘이다.

그 자석에는
도끼도, 망치도, 송곳도, 바늘도
함께 붙어 있다.
그런 글을 읽고 나면,
그런 글을 쓰고 싶어진다.

더 나아가
좋은 '글'을 닮은 '사람'이 좋다.
좋은 사람을 만나면,
좋은 사람이 되고 싶다.

언필일치

#

살다 보면
언행일치가 어렵다는 것을 체감한다.

언필일치.
글과 말이 일치하는 것도 쉽지 않다.

글은 말보다 착하다.
글은 말보다 신중하다.
글은 말보다 정확하다.

빅데이터의 시대이다.
사생활이란 것이 없어졌다 할 정도다.
SNS만 뒤져도 개인에 대해 무한 정보를 캘 수 있다.
거짓이 있다면 금방 들통나기도 한다.
그러니 SNS를 안 하는 게 낫다고 한다.

그러나 반대로 생각해 보자.
좋은 글을 SNS에 올리고

그 글대로 살아가고자 노력한다면
더 나은 인생이 될 수도 있다.

누구나 부족한 인생이다.
잘못된 삶을 살고 있다면
꼭 말과 글이 아니어도 알려지게 된다.

그러니 글을 쓴다는 것은
오히려 좋은 삶의 지침을
스스로 만들어 가는 것일 수 있다.
사람들에게 그 다짐을 공유하는 것이기도 하다.

좋은 글을 쓰고, 그 글만큼이나
좋은 사람이 되고자 노력하는 것도
삶을 좋게 만드는 좋은 방법이다.

그러니 글처럼 못 살고 있다고
스스로 자책하지 말자.
내 삶을 더 나아지게 하는
희망일기를 쓰고 있다고 생각하자.

10초 자기소개를 글로 써 보세요.

3부

#
사람을 만나는 건
세상을 만나는 것

두괄식과 미괄식
#

"센터장님이시쥬?" "네."

"얼마나 바쁘세유?" "네. 무슨 일로?"

"날씨가 많이 시원해졌어요."

"네, 그렇죠."

"오늘 보니까 다들 긴팔을 입었더라고요."

"네. 근데 무슨 일로?"

"환절기에는 감기 조심하셔야 해요."

"네, 감사합니다. 근데…."

"가을도 됐으니 언제 한번 식사라도…."

"네, 그러시죠. 근데 용건은…."

"뭐 잘 드신댜? 요새는 전어가…."

"네, 뭐 아무거나. 전화 주신 목적이…."

"근데 다다음 주에 우리 행사가 있는데…."

"네, 처리해 드릴게요."

"고마워요. 다음에 꼭 식사 한번 해요."

나는 두괄식 문장을 선호한다.

첫 문장으로 눈길을 끌지 못하면

뒷 문장으로 설득이 어려워진다.

첫 문장이 제목이 되고

글 전체의 논지가 되는 걸 좋아한다.

그래서 대화에서도 미괄식 대화에 서투르다.

내 주장을 대뜸 두괄식으로 표현할 때가 많다.

"결론부터 말씀 드리면 이겁니다."

"그래서 하시려는 말씀이 이건가요?"

대화의 예열이 없는 상황에서

이런 표현은 결국 상대의 대화 의지를 꺾곤 한다.

그리고 예의 이런 평가를 받는다.

"거참 꽉꽉한 사람이네."

"대화 예절이 없는 사람이야."

"서울 깍쟁이라더니 정말이네."

다년간의 지방정부 근무를 통해

배운 점이 있다면 이것이다.

'두괄식으로 일하고

미괄식으로 관계하라.'

꼭 업무에서뿐만이 아니다.

가족, 친구와의 관계에서도

두괄식 태도는 늘 관계를 어렵게 한다.

충분히 예열하고 설명하고 결론에 이르는 것.

이것이 미괄식 관계이다.

있는 그대로의 말하기와 듣기
#

"요즘 더 멋져지신 것 같아요!"
이 말을 들으면 어떤 생각이 먼저 들까?

하나. '칭찬해 주니, 참 고마운 사람이네.'
둘. '그래, 내가 정말 멋있어지긴 했지.'
셋. '저 사람은 나한테 뭘 바라고 저런 말을 하는 거지?'
넷. '오늘 내가 저 사람에게 잘못한 일 있나?'

곧이곧대로 말하기와
곧이곧대로 듣기가 쉽지 않다.
행간을 읽고 숨겨진 의도를 파악하는 것은 능력으로 인정되지만,
곧이곧대로 듣고 말하는 것은 순진한 사람으로 평가받는다.

관계의 기본은
상대를 인정하는 데서 시작한다.
대화의 기본은
상대의 말을 있는 그대로 받아들이는 것에서 시작한다.
대화가 어려워지니 관계도 쉽지 않다.

지인 중에 농담까지 다 사실로 믿는 사람이 있다.
처음에는 그 사람이 순진하고 꽉 막혀 보였는데
점점 그 사람에게는 꼬는 말보다는
진심에 가까운 말을 하게 되고,
그 사람의 말을 오해 없이 받아들이게 되었다.

저 사람이 말하는 진짜 의도를 의심하지 않고
나의 말을 곡해하지 않을까 걱정하지 않는 것만으로도
관계는 좋아질 수 있다.

자기 의사를 있는 그대로 이야기하지 않고
자신의 마음을 이해해 달라고 하는 것도
관계를 어렵게 하거나 왜곡하는 일이 될 수 있다.
이런 대화는 항상 나중에 문제가 된다.
1차 책임은 진술하지 못한 화자에게 있다.

대화도 관계도 진술함이 좋다.
당장은 조금 불편할 수 있어도
길게 보면 관계는 깊어지고 신뢰는 높아진다.

솔직하게 말하고, 말한 그대로를 실천하는 사람이

더디더라도 주위 사람에게 신뢰받는다.

이것이 '있는 그대로'가 가지는 힘이고,

진솔함이 가지는 마법이다.

진실을 전달하는 일
#

사람들은 아주 작은 실마리로
전체 상황을 파악하려는 속성이 있다.
쉽게 오해하고, 선입관을 갖기도 한다.
그래서 다른 이의 말을 옮길 때는
매우 조심할 필요가 있다.

잘 아는 드라마 PD에게 물어본 적이 있다.
"PD들은 청와대나 국회, 법원 같은 데를
자주 가봤을 텐데, 왜 사실과 다르게 묘사하죠?"
돌아오는 대답은 이러했다.
"현실 속에 존재하는 사실보다는
시청자들의 마음속에 믿고 싶은
사실이 더 중요하기 때문입니다."

정도의 차이는 있겠지만
언론이나 광고도 비슷한 태도를 가진다.
사람들의 심상 속 현실은 매우 드라마틱하고,
미스터리가 가득한 곳으로 자리 잡힌다.

어떤 일을 전할 때나 들을 때

사실에 입각해서 하기가 참 쉽지 않다.

그러니 사실을 있는 그대로

전달하는 일을 하는 이들의 책임은

더 클 수밖에 없다.

자극적인 화학 조미료는

제철음식 재료의 맛을 버릴 뿐만 아니라

몸에도 안 좋다.

사람을 만나는 건 세상을 만나는 것
#

"담당관님!"

누군가 불러 뒤돌아보았다.

직장 후배이다.

막 달려온 듯 살짝 상기된 얼굴이다.

"이 지하철 타세요?"

"네, 어디까지 가요?"

"부평에서 갈아타요."

"난 약속이 있어서 계양까지 가요."

사실 직장 선배와 지하철 타기가

그리 쉬운 일이 아니다.

나도 그랬다.

선배와의 대화가 호구조사 정도면 양호,

자신의 살아온 이야기나 잔소리면 보통,

업무지시로 이어지면 최악이다.

그렇다고 아무 말 안하고 있으면

그건 더 난감하다.

선배가 앞에 있으면 천천히 걷고,
뒤에 있으면 빨리 걸어서
피곤한 상황을 모면하기도 한다.

직장 선배와의 식사는
또 다른 업무의 연장이니
피하고 싶은 것은 인지상정이다.

직장 문화가 많이 바뀌고 있다.
대체로 좋은 방향이지만,
불편함은 완전히 사라지지 않을 것이다.
제도가 강제해도 문화로 정착되기에는
꽤 많은 시간이 요구된다.

조직문화 혁신 토론회 같은 것을 해보면,
후배들은 여전히 불만과 불편이 많고
선배들은 서운함과 서글픔이 많다.
선배들이 했던 당연한 일들이
이제는 당연한 일들이 아닌 것이 되어
선배들은 조금 억울해한다.
이 마음을 후배들은 이해해 줄까?

후배들은 약자는 자신들이라며 강변한다.

틀린 말은 아니다.

하지만 선배들도 후배들의 눈치를 본다.

꼭 필요한 말만 하게 되고,

일과 시간 외의 업무관련 대화도 자제한다.

회식도 가급적 피하려 한다.

대화가 없으니 특별히 관계도 없다.

그것이 서로에게 쿨한 방식일 수 있다.

그래도 뭔가 아쉬움이 남는다.

쿨함이 시원함을 넘어 허함으로 느껴지기도 한다.

돌이켜 보면 내겐 참 좋은 선배들이 많았다.

오늘의 나는 그 선배들의 조언과 조력 덕분이다.

일하는 방식과 살아가는 태도를 배웠고,

함께 어울리며 대화하며 삶을 나눴다.

물론 맘에 안 들 때는 자주 싸우기도 했다.

저렇게는 안 살겠다고 다짐하면서 말이다.

억울할 때도 있었고, 미안할 때도 있었지만

고마울 때가 훨씬 많았다.

'사람을 만나는 것은 세상을 만나는 것'이란

말을 항상 되뇌곤 한다.

선배들을 통해 그들이 먼저 만났던

더 큰 세상을 접할 수 있었음은 내게 큰 행운이었다.

시간은 누구에게나 공평하다.

후배도 언젠가는 선배가 된다.

그때 단 한 명의 후배에게라도

괜찮은 선배로 기억되면 얼마나 좋을까?

작게는 업무로서, 크게는 삶으로서

좋은 영향을 미치는 선배이고 싶다.

아버지와 어머니의 발걸음
#

"어서 어서 오니라!"

아버지는 나를 기다려 주는 법이 없으셨다.

어린아이 발걸음으로는 제대로 따라가기가 힘들었다.

반은 걷고, 반은 뛰었다.

그래도 아버지는 늘 앞서 걸으셨다.

아버지의 뒷모습은

내가 가야 할 목표이기도 했다.

어머니는 달랐다.

항상 옆에서 손을 잡고 걸어 주셨다.

손잡고 걷는다는 것은 보폭을 맞춰 주는 일이다.

어린아이와 걷는 것은 생각만큼 쉽지 않다.

아무래도 더디게 갈 것이고,

때론 엉뚱한 곳으로 빠지기도 한다.

마음이 급해질 수도 있었겠지만

그래도 어머니는 손을 놓는 일이 없으셨다.

아버지의 발걸음은 세상을 닮았고,

어머니의 발걸음은 아이를 닮았다.

세상의 보폭을 따라가던 아이는

치열한 경쟁 속에서 어른이 되어 간다.

사랑의 발걸음과 함께했던 아이는

배려와 위로 속에서 사람이 되어 간다.

조직에서도 앞서서 걷는 이가 필요하다.

세상을 먼저 보고 이끌어 주는 사람….

함께 걸어 주는 사람도 필요하다.

힘들고 지친 이들에게 친구가 되고 가족이 되는….

부족한 면을 챙기는 누군가가 있어야

균형 잡힌 조직이 될 수 있다.

'쟤는 왜 저렇게밖에 못하지?'

조직에서 이런 의문이 드는 사람을 이해해 주고

제 역할을 하게 해야 강한 조직이다.

몇몇이 앞서 나가 "빨리 오세요!"라고

재촉만 하는 조직이어서는 안 된다.

뒤처진 사람들을 한없이 방치해 두는

조직이어서도 안 된다.

나는 어떤 보폭을 가진 사람일까?

어머니를 그리며
#

어머니가 돌아가신 지 벌써 10년이 되었다.
10주기 제사를 드리는 내내
좋아하시는 드라마를 보여 드렸다.

10년 전 돌아가신 날 썼던 글을
무심코 찾아보았다.
그날의 감정은
10년이 지나도 그대로다.

***

돌아가신 어머니에 대한 기억은
늘 비릿한 생선 냄새와 함께이다.

어릴 적 어머니는 늘 시장에 계셨다.
보통 집에서는 없는, 크고 둥그런 나무 도마 위에
생선 한 마리가 놓여지고,
역시 집에서는 잘 없는, 크고 네모난 칼로

머리가 잘려지고 내장이 훑어지는 모습을
나는 신기한 듯 구경하곤 했다.

어머니가 아무렇지 않게 생선을 네 등분하여
검정 비닐 봉투에 담아 건네면
손님은 500원짜리 지폐를 내놓았다.
어머니는 그 돈을 받아 앞치마 겸 전대에 넣으시고는
생선과 내장이 떨어진 바닥을 깨끗이 청소하셨다.

초등학교 시절,
새벽녘 나가시는 어머니가 남기고 가던
용돈 300원에서도 비린내가 났다.
그 비릿한 돈으로 친구들과 떡볶이를 사먹고 학용품도 샀다.
돈을 꺼낼 때마다 걱정이 앞섰다.
'혹시 내 돈에서 나는 비린내를 맡으면 어떡하지?'
그래서 얼른 돈을 주고 뛰쳐나왔다.
어린 나는 그 비릿한 냄새가 정말 싫었다.

어머니가 가게를 얻어 장사를 시작한 것은
초등학교 6학년 때부터였다.
그 전에는 시장 길가에 큰 광주리를 놓고,

작은 좌판을 만들어 생선을 놓고 파셨다.

내가 행여 돈이 필요해서 어머니께 가면,

한 시간쯤 기다리며 장사하는 모습을 지켜봐야 했다.

어머니는 손님이며 주변 장사하는 분들에게

나를 자랑하시곤 했다.

"내 막내아들이에요. 공부도 잘하고 참 착해요.

뭐 하니? 인사드리지 않고."

나는 용돈을 받기 위해 내키지 않는 인사를 하곤 했다.

한번은 같은 반 친구가 자기 어머니의 손을 잡고

노점상 앞에 서 있던 적이 있었다.

"아유, 예쁘게 생겼네? 몇 학년이에요?

우리 막내아들하고 비슷할 거 같은데."

어머니는 눈치 없이 물었고,

나는 혹시 어머니가 부를까 봐 몰래 도망가곤 했다.

나를 찾던 어머니는 당황하셨고,

친구 어머니는 그 분위기에 괜히 미안해하셨다.

학교 다니는 내내 나는 가정환경조사서에 들어가는

어머니의 직업을 '주부'라고 적어 놓았다.

아마 내가 살면서 가장 많은 거짓말을
적어 놓은 곳이 있다면 가정환경조사서일 것이다.

어머니의 젊은 시절은 가난과의 싸움이었다.
전라도 강진에서 가진 것 없이 상경한 아버지와
시동생 3남매와 아들 3형제를 건사해야 했다.
어머니는 60이 될 때까지 시장 통을 벗어나지 못하셨다.

나는 아침에 깨서 어머니를 본 적이 거의 없었다.
새벽 5시에 일어나 노량진 시장에서 생선을 사서
모래네 시장으로 가져와 장사를 하셨다.
그런 어머니에게도 가장 좋아하시던 시간이 있었다.
바로 아들과 함께 보내는 시간이다.
매일 밤 9시에서 10시쯤 가게 문을 닫곤 했는데,
아버지는 친구들과 술 한 잔 하는 일이 많았고,
그럴 때면 어머니는 전화를 걸어 나를 나오라 했다.

5학년 때 자전거를 처음 배운 나는
초보 실력으로 어머니를 태워 드리곤 했다.
어머니는 나를 보며 환하게 웃으셨다.
내 자전거 뒤에 타시고 삐뚤빼뚤 가는 와중에도

내 허리는 결코 안지 않으셨다.
혹시 내 옷에 비린내가 밸까 싶어
자전거 안장만 꼭 잡고 가셨다.

아들이 청와대 별정직 고위공무원이 되었어도
어머니는 일을 멈추지 않으셨다.
8남매의 장녀이던 어머니는 건설 쪽 일을 하던
외삼촌이 아들에게 혹시 불편한 부탁이라도 할까 봐
5년 내내 외갓집 발걸음마저 줄이셨다.
"내가 뭐 아냐? 바쁜 애 귀찮게 하지 마라" 하고 단속하시곤 했다.
그런 어머니에게 삼촌과 식구들은
"아유, 알겠으니 너무 걱정 마세요" 하며 안심시켰다.

칠십 평생을 자식 뒷바라지로 편히 쉬지 못했던 어머니.
맏며느리로서 집안 대소사를 챙기고,
아흔 되신 노모를 모셨던 어머니.

생각해 보니 어머니는 유독 꽃과 나무를 좋아하셨다.
향기가 좋은 꽃나무를 베란다에 심고 키워
소녀같이 향기를 맡고 좋아하시던 모습이 기억에 아련하다.

그런 어머니를 이제는 볼 수가 없다.

만날 수도, 느낄 수도 없다.

어머니한테서 나던 비린내가

너무나도 그립다.

욱하는 성격

#

"너무 격하게 말씀드려 죄송합니다!"

오전에 홍보 전문가 간담회에 참석했다. 그리고 다른 참석자와 논쟁을 벌인 것에 대해 사과했다. 내 의견은 정확히 전달하고 다른 사람의 의견은 그냥 그런가 보다 하고 들으면 되었는데 그게 잘 안 된 것이다.

나는 꽤나 욱하는 성격이다. 고치려 하는데 항상 그대로이다. 그렇다고 폭력적이지는 않다. 대체로 논쟁에서 격해지곤 한다. 상대방의 비판이 이율배반이라고 느껴질 때 그렇게 된다.

모르는 사람이 아는 척할 때, 아는 사람이 모르는 척 우길 때도 욱한다. 상대방이 처한 입장을 고려하지 않고 자기 입장만을 되풀이할 때도 그렇다. 내 진정성이 오해받을 때도 마찬가지다.

한바탕 욱하고 나면 늘 후회와 반성이 잇따른다. '좀 참을 걸' 하는 후회이고, 상대방이 보기에 나도 잘못한 건 마찬가지 아니었을까 하는 자성이다.

언젠가 한 선배가 이런 말을 했다.

"너, 그 욱하는 성질머리만 고쳤어도 더 높은 자리까지 오르고 성공했을 거다!"

그랬을 수도 있고, 아닐 수도 있다. 삶의 역사에는 가정이란 없으니까.

사람은 잘 변하지 않는다. 욱하는 성질이 요긴히 쓰일 곳이 바로 내 자리일 것이다. 그러니 이 성질을 가진 나를 벗으로, 혹은 동료로 둔 분들은 얼마나 대단한가! 새삼 감사하게 된다.

배려는 배려로 끝나야 좋다
#

나는 약속 시간을 잘 지키는 편이다.

오히려 30분 정도 일찍 도착하곤 한다.

성격이 급한 탓도 있고,

급하게 서두르다가 실수도 많이 해서다.

조금 일찍 가서 느긋한 여유 시간을 갖는 것이 좋은 것도 있다.

일찍 오게 되면, 약속 시간까지는

책을 읽거나 SNS를 하며 기다린다.

그러나 약속 시간이 넘으면,

그때부터 시계를 보며 문 쪽을 주시하게 된다.

상대방이 10~20분 정도 늦으면,

나는 마치 1시간을 기다린 것처럼 서운해진다.

미리 온 30분의 배려 타임이

상대방의 지각에 대한 서운함을 가중시키는 것이다.

사람의 마음이 그렇다.

배려는 배려로, 호의는 호의로 끝나야 하는데

그에 상응하는 상대방의 태도를 기대하게 된다.

그 기대는 충족되지 않았을 때 더 큰 실망으로 작용한다.

늦게 온 사람은 기다리던 사람이
약속 시간보다 30분 일찍 온 것을 모른다.
그에게는 약속 시간만이 인식 속에 존재한다.

결국 소통의 문제이다.
서로 인식의 프레임이 다를 수 있다.
우리는 과거와 싸우면서도
과거의 프레임을 벗어나지 못할 때가 많다.
그것이 프레임의 효과다.

조지 레이코프의 책《코끼리는 생각하지 마》는
프레임에 관한 내용이다.
저자는, 코끼리를 생각하지 않겠다는 다짐은
코끼리라는 프레임 내에서 존재한다고 강조한다.
결국 과거와 단절하려면 그 속에 머물지 말고
부단히 미래의 새로운 프레임을 만들어 가야 한다.

프레임 바깥에서 생각하자.
내가 겪었던 과거를 보상받으려 하지 말자.
소통은 여기서부터 출발한다.

호의가 악의로 의심되는 세상
#

길을 걷다가 떨어져 있는 핸드폰을 발견했다.

'그냥 모른 척 지나칠까?'

이런 생각이 들었던 것은

얼마 전 택시 기사님과의 대화 때문이다.

"전 그냥 모른 척하고 놔둬요.

다른 손님이 주워서 가지든 돌려주든…."

"왜요?"

기사 분의 대답은 이랬다.

우선, 돌려 줘도 고마워하지 않는다는 것이다.

마치 맡겨 놓은 물건을 찾아가는 사람처럼 행동해

기분이 상할 때가 많다고 한다.

심지어 의심도 받는다고 한다.

핸드폰을 떨어뜨린 것을 이미 알고 있었으면서

모른 척 멀리까지 갔다가 잔뜩 애를 태운 다음

많은 돈을 요구한다는 의심 말이다.

실제로 경제적 손해도 본다고 한다.

핸드폰을 돌려주러 가려면

일정 시간 택시 영업을 하지 못한다.

콜도 받지 못하고,

상대방이 지정한 장소가 모호할 때도 있다.

이리저리 헤매다 찾게 되어 요금을 청구하면

요금이 많다고 불평을 한다는 것이다.

오늘 우리가 살아가는 세상에서

훈훈한 인심을 기대하기란 참 어려운 것 같다.

고마워해야 할 일을 받아도

고마워할 줄 모르고,

미안해야 할 일을 하고서도

미안해할 줄 모른다.

모든 것을 자신의 기준으로

의심과 불신의 눈초리를 보낸다.

받은 것은 생각하지 않고 잃은 것에만 집착한다.

그러니 호의를 베풀기 어려운 세상이 되어 가는 것이다.

그럼에도 결국 나는 핸드폰을 집고 말았나.

길을 지나던 어떤 청년이 나를 흘끗 본다.

'저 청년은 무슨 생각을 할까? 나를 믿었을까? 의심했을까?'

이런저런 생각이 머릿속에 맴돌며

가까운 지구대 파출소를 찾던 중 핸드폰 전화벨이 울렸다.

"여보세요? 핸드폰 주인인데요."

"아, 네. 제가 가지고 있습니다."

"혹시 어디쯤 계세요?"

"사거리 편의점 앞인데요."

"아, 거기 어딘 줄 알아요. 곧 갈게요."

"네, 기다리겠습니다."

10분쯤 지나니 20대 초반으로 보이는

세 명의 여성들이 뛰어온다.

"아, 정말 감사합니다!" 하며

초콜릿 쿠키 두 개를 건네고

총총 돌아간다.

어디서 어떻게 주웠는지,

얼마나 기다렸는지 묻지도 않았다.

의심하지 않은 것이 어디냐며 스스로를 위로했다.

세상이 참 각박하다.

시선과 관점은 이기적이다.

사실을 찾기보다는 의견만이 난무하는 시대다.

한쪽으로 쏠린 의견은 편견이 되고,

넘겨짚는 의견은 선입견이 된다.

그날 나의 호의는

초콜릿 쿠키 두 개 정도의 값이었을까?

총총히 돌아간 그 친구들은

나의 호의를 의심하지는 않았을까?

초콜릿 쿠키 두 개는

여전히 내 책상 위에 놓여 있다.

소수와 다수 사이
#

"안 들어가고 뭐 해?"

입학 30주년 기념 대학 동창회가 열렸다.

오랜만에 만난 동기가 입구에 서 있었다.

"아는 사람이 없어서 좀 뻘쭘하네."

"아직 우리 과 애들 안 왔어?"

행사장에 들어가 보니 같은 과 친구들은 보이지 않았다.

일찍 온 다른 과 친구들이 삼삼오오 대화를 나누고 있었다.

제법 많이 모인 과에서는 큰 웃음소리가 들렸다.

우리처럼 하나둘 정도만 온 과에서는

조용함과 어색함이 교차했다.

얼마 지나지 않아 과 동기들이 속속 들어왔고,

우리는 이내 마음의 평안을 찾았다.

어느 모임에 가든지 소수에 속하면 힘들어진다.

특히 '나 홀로 참석'이 되면 그보다 힘든 고역도 없다.

결혼식이든 장례식이든 혼자 가게 되면

축의금이나 부의금만 주고 나오게 되기 십상이다.

혹여 그냥 보내기 미안하다는 말에

굳이 다수 그룹에 끼어 머물다 보면

오래지 않아 후회가 엄습한다.

함께 있기는 불편하고,

가기에는 뻘쭘한 상황이 연출되는 것이다.

초등학교 6학년 2학기에 전학 온 날은

아직까지도 꿈에 나온다.

새로운 공간, 낯선 사람들 속에서

어색한 표정으로 인사해야 하는 기분이

고스란히 느껴질 때, 그것은 악몽이 되곤 했다.

친구 몇 명을 사귀게 되고 분위기도 익히게 되지만,

5년 이상을 지내온 곳과 비교할 수는 없었다.

다른 학교 친구들까지 모이게 되는

중학교에 들어가서야 비로소 소수의 설움이 해소될 수 있었다.

생각해 보면 내가 다수에 속해

새로운 사람들을 맞이할 때도 있었다.

그 사람들이 느꼈을 어색함을

나는 이해하고 풀어 주려 노력했을까?

이곳은 이러한 문화가 있으니

빨리 적응하는 것이 좋을 것이라고
은연중에 생각하지 않았을까?
그 생각이 맞다고 해도 그 사람에게는
참 힘든 시간일 수 있었겠다는 생각이 든다.

누구나 다수에 속할 때도 있고,
소수에 속할 때도 있다.
다수는 소수를 배려하고,
소수는 다수를 인정할 수 있어야 한다.
때론 같은 편의 소수로 있는 것이
다른 편에 있는 것보다 힘들 때도 있다.
상대적 박탈감이 더 크기 때문이다.
그래서 결별하면 앙숙이 되기도 한다.
우리 현대 정치사와 정당사에서도
자주 보는 풍경이다.

소수가 자기 할 말을 할 수 있는 조직이
정말 건강한 팀이다.
다수의 관용과 배려도 필요하고,
소수의 용기와 배짱도 요구된다.
다만 뒤에서 서로에 대한

불만만 쌓아가서는 답이 나오지 않는다.

대화와 타협의 조율, 즉 민주주의적 접근이 필요하다.

민주주의는 그저 다수결의 원리로만 작동하지는 않는다.

특히 사회적 갈등이 다양화되고 다층화된

오늘의 상황에서는 더욱 그렇다.

다수이건 소수이건

자기 이익만을 위한 극한 대결의 구도로는

공동체가 무너지고 사회는 발전하지 못한다.

우리 주변의 작은 문제 하나하나에

민주주의 원리가 작동해야 한다.

팀원으로서, 주민으로서,

시민으로서, 국민으로서,

민주주의는 우리를 더욱 강하게 할 것이다.

민주주의가 없는 곳에서

다수는 힘으로 누르려 할 것이고

소수는 극단의 투쟁을 선택할 것이다.

다수에게도, 소수에게도
민주주의의 원리는 함께 적용되어야 한다.

함께 살아가는 세상이다.
같이 만들어 가는 역사이다.
민주주의만이 사람 사는 세상을 향해
우리가 걸어가야 할 길이다.

나는 서서처럼 살고 싶다
# #

"삼국지에 나오는 인물 중에 어떤 인물을 좋아하세요?"

직원들과의 대화 중에 이런 질문을 던져 보았다.

유비다, 제갈공명이다, 제각각 대답들이 나왔다.

나는 '서서'라고 자답했다.

그리 큰 비중의 인물이 아니니 직원들은 의아해했다.

"서서가 누구?"

나는 가끔씩 '서서'의 삶과 '살리에리'의 삶을

비교해 보곤 한다.

물론 《삼국지》라는 소설과

〈아마데우스〉라는 영화 속 캐릭터이므로

실제 역사와는 다를 수 있다.

'천재에 대처하는 법'에서 둘은 서로 달랐다.

'서서'는 제갈량을 유비에게 천거한 인물이고,

'살리에리'는 궁정 최고의 악사였다.

둘은 모두 뛰어난 실력가였지만,

당대에 뛰어넘을 수 없는 동종업계 인물이 존재했다.

바로 유비와 모차르트이다.

'서서'는 존경과 응원을 택했다면,
'살리에리'는 질투와 저주를 택했다.
제갈량은 유비를 도와 천하를 도모했다.
모차르트는 파멸의 길을 걷다 요절하고 말았다.

내가 서서를 좋아하는 이유는
실력자를 알아보는 뛰어난 안목과
그를 후임으로 적극 추천하는 배포와
어쩔 수 없이 떠나지만 마지막까지 지키려 했던 의리이다.
자기의 입신양명을 버리고
어머니를 지키려 했던 효심도 좋았다.

천재 모차르트를 질투했던
살리에리를 이해하지 못하는 건 아니다.
"왜 모차르트의 능력은 알아보게 하시고,
그 능력은 제게 주시지 않았습니까!"라며
신께 원망했던 살리에리의 탄식은 솔직했다.
그러나 결국 신이 주신 능력을 질투하여
악마와 손을 잡고 신과의 대결을 선언한 그는

모차르트를 파멸시키고, 자신도 함께 파멸한다.

살면서 비록 천재까진 아니더라도
나보다 나아 보이는 사람을 여럿 만난다.
그때 서서처럼 그를 대할 것인가,
살리에리처럼 대할 것인가는 결국 선택의 문제이다.

나는 서서처럼 살고 싶다.
쿨하고 당당하게 축복하고 응원해 주고 싶다.

멘토와 꼰대의 차이
#

친구가 자리를 옮겨 일한다고 한다.

선배를 만나는데 같이 보자 한다.

이런저런 말씀도 드리고 조언도 구하겠다고 한다.

특별한 일이 있건 없건 자주 뵌다고 한다.

친구에게 그 선배는 좋은 멘토인 듯싶다.

멘토는 청년들에게만 필요한 것이 아니다.

나이가 들어도 멘토는 중요하다.

좋은 멘토를 가진 친구가 부러웠다.

언젠가부터 자꾸 눈과 귀에 밟히는 단어가 있다.

아재와 꼰대.

황당한 농담이나 재미없는 유머를

'썰렁개그'라고 칭할 때가 있었다.

썰렁한 유머를 추움의 속성을 빌려 극단적으로 표현한 것인데,

이제는 그 속성을 '아재'로 대상화시켜 표현한다.

갑분싸시키고, 위력으로 웃음까지 요구하는

아저씨와 기성세대의 유머를 '아재개그'로 통칭하게 된 것이다.
거기에 권위주의까지 얹히면 '꼰대'라는 호칭을 얻게 된다.
어찌 보면 우리 시대의 새로운 이지매 세대가 아닐 수 없다.

멘토와 꼰대의 차이는 어디에서 올까?

후배들은 선배들에게 묻게 된다.
아직 경험하지 않은 것을
이미 경험해 본 이들에게 묻는 것이다.
청년이든 중년이든 노년이든 마찬가지다.

그럼 선배는 대답한다.
"살아 보니 이렇더라. 경험해 보니 이렇더라."
물어서 대답했는데, 꼰대라고 한다.
걱정되어서 말해 주었는데, 꼰대라고 한다.

나이 든 지식인들이 더 경계한다.
언론을 통해, 칼럼을 통해
꼰대처럼 살지 말라고 충고한다.
이렇게 하면 꼰대가 되고,
어떻게 하면 멘토가 되는지

알려주지 않은 채….

곰곰이 생각해 보니
실행에 대한 태도의 차이 같다.

"살아 보니 이러이러하더라.
그러니 알아서 길을 찾아봐라."
하면 꼰대다.

"살아 보니 이러이러하더라.
그러니 함께 방법을 찾아보자. 내가 도울게."
하면 멘토다.

함께 문제를 찾고 고민하고,
진심으로 해결책에 동참하는 사람이 진정 멘토다.

대명사로 하는 대화
#

"터미널에서 보기로 했잖아."

"그래서 정문에 있었잖아. 문이 얼마나 많은데!"

"지난 번 만난 곳으로 올 줄 알았지."

버스 터미널 입구에서 아주머니들이 티격태격한다.

약속 장소가 어긋났던 모양이다.

나도 비슷한 경험을 했다.

아버지 생신 때 가족끼리 식사나 하자고,

집 근처 식당에서 보기로 했다.

"지난 번 갔던 그 불고기집에서 뵈어요."

"아, 거기! 그래, 알았다."

당일에 아버지를 모시고

약속 시간보다 10분 일찍 도착했다.

'혹시나' 해서 형님께 식당 주소를 찍어 보낼까 하다가

'에이, 설마' 하며 그냥 기다렸다.

약속 시간이 다 되었는데 형님은 오지 않고,

10분쯤 뒤에 전화가 왔다.

"어디냐?"

"2층인데요."

"여긴 2층이 없는데?"

형님은 작년에 갔던 돼지갈비집으로 간 것이었다.

다행히 그리 멀지 않아 금방 다시 만났지만,

형님 가족들의 얼굴이 편치 않아 보였다.

형님은 이 불고기집에 온 적이 없다 했다.

나는 같이 온 적이 있다 생각하고,

'불고기집'이라고 했기에

'돼지갈비집'으로 가리라고는 생각을 못했다.

커뮤니케이션이란 이렇게 쉽지 않다.

서로의 기억이 다르고,

때로는 유추해서 해석하기 때문이다.

나의 경험과 상대의 경험이 다르므로

같은 것을 말해도 다르게 느낄 때가 많다.

한 번만 더 확인해 보면 됐을 것을

'설마'라는 방심으로 넘긴 것이 상황을 어렵게 만들었다.

왠지 자꾸 챙기고 확인하는 것이

못 미더워서 하는 잔소리가 될까 봐 삼간 것인데….

대화에서 내가 듣고 이해한 것이

상대방이 전하고자 했던 메시지인지

확인하는 일은 일상에서도 필요한 것 같다.

특히 '대명사'로 대화할 땐

좀 더 명확히 해야 문제가 없다.

인사가 만사
#

"누구에게든 인사를 잘해야 한다."
아들에게 잔소리처럼 하는 말이다.
초등학교 저학년일 때 아들은 인사를 참 잘했다.
커 가면서 인사하는 목소리며 동작이 작아지기 시작했다.
아이의 행동은 부모를 닮는다는데,
스스로의 행동을 돌아보게 된다.

핸드폰이 없던 시절, 삐삐도 나오기 전
친구 집에 전화를 걸 때면 늘 긴장이 됐다.
거실 전화 하나가 집의 유일한 전화였을 때다.
누구나 각자 핸드폰이 있는 요즘과는 달랐다.
친구가 전화를 바로 받으면 다행이지만
어머니나 아버지가 받을 때도 많았다.

"안녕하세요. 저는 친구 훈이라고 합니다."
"응, 그래. 훈이? 잠깐만 기다려."
"감사합니다."
친구를 부르는 부모님 목소리가 들리면

"휴" 하는 한숨이 새어 나왔다.

늘 전화를 걸 때면 긴장이 됐지만
전화 인사는 누구보다도 잘했다.
고등학교 때 짝사랑했던 친구 집에
이런 핑계 저런 핑계로 자주 전화를 하곤 했다.
언니가 전화를 받아 바꿔 주곤 했는데,
몇 년 후 많이 아프셔서 병원에 입원하셨다는 소식을 들었다.
인사는 드려야겠다는 마음에 꽃을 들고 병문안을 갔다.
대학에 들어와서도 여전히 좋아했던 친구에게
잘 보이고 싶은 마음이 있었던 것이다.

"안녕하세요?"
"누구? 아! 너 훈이구나."
목소리만 듣고도 알아보셨다.
전화 걸 때 인사를 또박또박 잘해서
기억에 남으셨다며 무척 반가워해 주셨다.
"어쩌니, 동생은 지금 없는데."
"아뇨. 그냥 누님께 인사드리려고 왔어요."
"이머! 그래, 고맙다. 대학 들어갔다고?"
"네."

나중에 친구는 병문안 소식을 듣고 고마워했고,
나의 짝사랑은 잠시 잠깐 진전을 보였다.

인사도 자주 할수록 느는 것 같다.
어색하게 용기 내어 먼저 인사했을 때
상대가 받아 주면 그와는 늘 인사한다.
반면, 상대가 받아 주지 않으면
머쓱해져서 다른 이에게도 인사하기를 주저하게 된다.

인사는 서로를 알아 가는 첫 단계이자,
소통을 열어 주는 문이다.
누군가 좋은 일이 생기면 축하의 인사를,
나쁜 일이 생기면 위로의 인사를,
힘든 일이 있을 때는 격려와 응원의 인사를,
고마운 일이 생겼을 때는
감사의 인사를 잊지 않았으면 좋겠다.

인사를 잘 하는 것만큼이나
인사를 잘 받는 것도 중요하다.
인사가 만사의 기본이다.

성공의 숨은 조력자들
#

"지지율 추이를 어떻게 보세요?"

2017년 4월 초 민주당 대통령 경선을 끝내고

집에서 쉬고 있을 때였다.

예전부터 알고 지내던

Time지 기자에게서 전화가 왔다.

요점은 민주당 경선 이후,

대선 결과를 어떻게 예상하느냐는 것이었다.

다음 달 커버스토리를 결정해야 하는데

전문가들의 의견을 묻고 있다는 것이다.

"민주당 경선이 곧 결승전이었다고 봅니다.

문재인 후보가 낙승할 것 같아요. 5대 3대 2 정도로….."

예상대로 문재인 대통령은

큰 표 차이로 당선되고 취임했다.

당시 대선 후보들 지지율 추이에 대해

본사에서 정확한 분석을 요청했는데

내 의견이 많은 도움이 되었다고 감사 인사를 전해 왔다.

20년 전 아태평화재단에 근무할 때였다.

사람들이 찾아와서 김대중 대통령의 햇볕정책은
자신이 제안하여 된 것이라고 하는 분들이 많았다.
얘기를 들어보면 그런 것도 같고, 아닌 것도 같았다.
그러나 확실한 사실은 그들이 알게 모르게 크든 작든
정책을 열심히 지지해 왔다는 것이다.

나의 성공을 내 노력의 결실이라고
생각하고 살아가는 이들이 있다.
그 성공은 오래갈 수 없다.
돌아보면 자신의 성공을 도와준
많은 이들의 숨은 노력들이 있다.
그 노력에 고마움을 표하는 사람이라면
더 많은 숨은 조력자들이 생길 것이다.
결국 그 도움을 받아야 성공은 가능하다.
긍정의 연결고리가 이어지고 이어질 때
성공의 가능성도 커지게 되는 것이다.

그래서 덕을 쌓으라고 하는 것인가 보다.
'덕불고필유린'(德不孤必有隣)의 의미를 다시금 새겨 본다.

연령 인식 트러블
#

"네가 벌써 그렇게 됐냐?"

대화 중 나이 얘기가 나올 때 듣는 말이다.
선배들에게 나는 여전히 88 꿈나무다.
내 동기들 이름을 대면 놀라워한다.
가끔 몇몇 후배를 언급하며
"네 선배 아니냐?"며 묻기도 한다.

나도 자주 실수를 한다.
어릴 적부터 알고 지내온 후배는
두세 살 차이라도 무척 어려 보이고,
비교적 최근에 알게 된 후배는
열 살이 넘는 차이에도 어른스러워 보인다.
이런 착시는 익숙함에서 온다.
같은 길을 가더라도 초행길은 멀게 느껴지고
자주 가는 길은 가깝게 느껴지는 이치랄까.

또 다른 이유는 처음 만난 시점일 것이다.

20~30년 전 만난 후배의 모습이
여전히 기억 속에 잠재해 있어서,
지금 만난 그 후배의 모습보다
어리게 여겨지는 착시일 수 있다.
한마디로 연령 인식 트러블이 생긴다.

이미 지긋한 나이의 후배에게는
마땅히 받아야 할 존중을 주지 못해 미안해지고,
아직 어린 후배에게는
자신이 노안으로 보이는 것 아닌가 하는
불안함을 안겨 주어 미안해진다.

꼭 후배들에게만 그러는 건 아니다.
선배들에게도 비슷한 실수를 하게 된다.
그러니 주변인들의 연령 정보는
꼼꼼히 체크하는 것이 좋을 것 같다.
물론 얼굴을 기억해내는 것마저도
쉽지 않은 요즘이지만 말이다.

마지막으로 찾는 사람
#

늘 의지하는 선배가 있다.

벌써 20년이 넘는 사이다.

원래는 정치권에 있었지만,

사랑하는 사람들을 고생시키기 싫다며

일찌감치 사업가의 길을 택했다.

사업을 하니 속도 편하고

노력하는 만큼 성과도 잘 나서

딱 자신의 천직이라고 한다.

11년 전 청와대를 그만두고

취업길이 막혔던 때가 있었다.

여야 정권 교체로, 있던 자리도 잘리던 시절이었다.

"너도 경영을 좀 배워 보지 그래" 하며

신사업팀장 자리를 선배가 제안했다.

밑바닥부터 경험해야 제대로 된 경영인이 된다며

실무부터 차근차근 배우라고 했다.

1년 남짓 회사 생활을 했다.

그 와중에 개인적으로 큰 일들이 생겼다.

부득이 회사를 그만두었다.

선배는 굳이 막지 않았다.

선배는 이후 베트남 사업에 전력했고

나는 충남도청에서 일하게 됐다.

그리고 2018년 3월 상상조차 못한 사건이 일어났다.

개인적으로도, 사회적으로도 크나큰 충격이었다.

삶의 빛은 꺼지고 가야 할 길은 사라진 듯 보였다.

'더 이상의 희망은 없다. 한국을 떠나고 싶다.'

이런 마음으로 선배에게 전화를 했다.

"형님, 저 베트남에 일할 자리 하나 없어요?

무슨 일이든 다 좋아요. 허드렛일도 상관없어요."

"너 어디니? 만나자."

"훈아, 많이 힘들고 괴롭지?"

"네, 좀 그렇네요."

"그런데 세상 살아가다 보면 이보다 더 큰일들이 많아."

"……."

"게다가 이건 네 잘못도 아니잖니."

"……."

"좀 쉬면서 다시 생각해 봐라."

선배는 위로하고 달래 주었다.

선배가 했던 말들은 나를 눈물짓게 했다.

"네가 힘들 때 나를 가장 먼저 생각해 준 건 고맙다.

그런데 난 네가 해결 방법과 도와줄 사람을

찾다 찾다 도무지 못 찾을 때 떠올리는

마지막 사람이 되었으면 좋겠다.

그땐 내가 아무 말 않고 도와줄게."

선배와의 만남 이후에

조금씩 기운을 차리기 시작했다.

내가 무엇을 해야 할지도 보이기 시작했다.

아픔과 상처는 더디지만 회복되어 갔다.

절망 속에 빠지면 길을 잃는다.

그때 함께해 주는 누군가가 있으면

절망이 끝이 아님을 알게 된다.

나 역시 누군가에게 그런 사람이고 싶다.

힘들 때 처음 생각나는 사람,
도무지 길이 없을 때 마지막으로 찾는 사람,
둘 중 어떤 사람이어도 좋다.

사람과 세상에 대한 나의 생각을 써 보세요.

4부

# #
어쩌다 공무원의
좌충우돌 공직 수첩

계약직의 삶
#

"이제는 제게 물어보지 마세요."

대선 경선팀 구성이 한창일 때였다. 천하 인재를 찾아나서야 했던 시기이다. 나는 메시지를 담당했었고, 자연스레 공보와 미디어까지 관리하고 있었다. 몇 년간 중앙과 지역 언론 기자들의 메시지 창구 역할을 하게 되었다.

공적으로나 사적으로 관계를 맺게 된 기자들이 많아졌다. 사안이 생길 때마다 많은 질문을 받고 답변을 해주어야 하는 위치였다. 그러던 와중에 대선 공보 팀장으로 매우 경험 많고 유능한 분을 모시게 됐다.

일하면서 원칙으로 삼는 것이 있다. 같은 분야에서 나보다 뛰어난 사람이 있다면 그와 어깨싸움하지 않겠다는 것!

영입 결정이 있고 난 후, 대 언론 관련 업무를 모두 인계하고 손을 뗐다. 기자들 단톡방에 알리고, 전화를 걸어오는 이들에게는 새로운 공보 팀장을 연결해 주었다.

몇 년간 교류해 온 기자들은 섭섭함과 함께 불편함을 토로했다. 그렇다고 예외를 두면 관계는 더욱 꼬일 수 있기에 양해를 구했다.

정치인과 오랜 인연을 가진 참모들은 어떤 분야든 관여하게 된다. 그 정치인의 뜻을 가장 잘 읽고 이해하고 있다고 생각되기 때문이다. 그렇기에 힘과 권위와 정보가 집중될 수 있는 위험이 늘 도사린다.

새로 합류한 전문가들이 그저 눈치만 보다가 제 역할을 못하고 떠나게 되는 경우를 많이 보았다. 큰 선거가 끝나면 핵심 측근들이 안에서 일을 맡지 않고 밖으로 나가는 이유가 여기에 있다. 조금 불편하고, 더디 가고, 삐거덕거려도 참고 기다릴 수 있어야 한다.

정치라는 것은 사람을 모으는 게임이다. 인재를 영입하고, 지지자를 넓히고, 민심을 불러오는 일이다. 누구 한 사람의 천재적인 기획력과 지도력으로 이끌어지는 세상이 아니다.

많이 비워야 많이 담을 수 있다.
많이 버려야 많이 채울 수 있다.

공보 분야에 손을 놓고 지방 현장 업무를 돕겠다고 마음먹었다. 지역을 돌고 있는데, 홍보 쪽에 사람이 필요하다는 말을 들었다. 원래 그 업무를 맡고 있던 친구가 일정 기획 쪽으로 옮겼다고 한다. 광고 홍보 SNS 쪽을 담당하기로 했다. 새로운 일은 늘 마음을 설레

게 한다. 새로운 사람들과 인연을 맺고 새로운 지식을 쌓을 수 있기 때문이다.

일하면서 지키는 또 다른 철칙이 있다.
내가 필요한 곳에서 일한다는 것이고,
내가 필요하지 않은 곳은 스스로 떠난다는 것이다.

13년째 계약직 공무원을 하고 있다. 매번 짧게는 1년, 길게는 2년 계약을 새로 맺는다. 계약직은 신분이 불안하다고 한다. 계약직은 미래가 불투명하다고 한다.

나는 반대로 생각한다. 계약기간 중에는 소신껏 일할 수 있다. 그만두고 싶으면 언제든 그만둘 수 있다. 내 인생을 내 마음대로 계획할 수 있다. 늘 새로운 인생을 살아갈 수 있다.

누구에게나 시간은 공평하다. 어떤 삶도 무한한 시간이 허락되지는 않는다. 인생도 신과 맺은 계약에 다름 아니다. 무엇을 하며 살아가든 주어진 기간에 최선을 다해 살면 그만이다.

지금까지 이런 어공은 없었다

#

"공무원은 어떻게 되는 건가요?"

청년 후배들에게 많이 듣는 질문이다.

어느덧 계약직 공무원으로 일한 지 13년이 넘었다.

'어쩌다 공무원'이 '늘 공무원'처럼 일하고 있는 셈이다.

공직은 고시에 합격하는 것과

선거에서 선출되는 방식으로 주어진다.

별정직은 선출직의 임명으로 되는 것이고,

계약직은 경력직 공개경쟁을 통해 된다.

나는 서른세 살에 청와대 별정직으로 시작해서

지방정부 계약직으로 공직생활을 이어가고 있다.

"공무원은 왜 되고 싶은 거예요?"

청년들에게 되물었다.

돌아오는 대답들은 이렇다.

"안정된 직장이잖아요."

"요새는 공무원 연봉도 꽤 되더라고요."

"부모님이 원하세요."

무척 현실적이고 솔직한 대답이다.

공무원 채용 심사관으로 들어갔을 때
듣는 대답은 이와는 좀 다르다.
"평소에 공적인 일에 관심이 많았어요."
"국가의 미래와 시민의 삶에
도움이 되는 일을 하고 싶었어요."
"희생과 봉사정신을 가진 가정교육을 받았어요."

두 대답 어딘가에 진심이 있을 것이다.
두 대답 모두 진심일 수도 있고, 아닐 수도 있다.

사실 공무원 사회 내에서도
왜 공직자가 되었는지 후회하는 사람들이 많다.
사람 사는 곳은 어디나 비슷하다.
아주 편한 곳도 없고, 그렇다고 아주 못 견딜 곳도 없다.
그럼에도 무엇이 공무원 시험의 경쟁률을 높이는 것일까?

조금 다른 각도에서 생각해 보았다.
그나마 공무원 시험이
'공정'하다고 판단한 것은 아닐까?

공정의 척도는 자신이 노력한 만큼
결과를 기대할 수 있는가의 문제이다.
불합격이 자신의 노력과 준비 부족 때문이 아니라
연줄과 스펙과 다른 판단 기준 때문이라면
공정하지 않다고 느낄 수밖에 없다.

민간 기업은 사적 영역이다.
아무래도 평가에 사적 요인이 개입될 수밖에 없다.
그러니 보통의 흙수저들은 불안해한다.

공무원 시험의 경우 과정은 어렵지만, 결과는 제법 투명하다.
주변에 다른 일을 하다가 나이 마흔이 넘어
늦깎이 7급 공무원이 된 사람도 있고,
고시원에서 밤낮없이 죽도록 공부하여
공무원 시험에 합격한 사람도 있다.
적어도 스스로 열심히 하면 될 수 있다는
기회의 공정성이 있다고 믿게 된다.

공무원을 선호하는 청년들에게
꿈과 도전정신이 없다고 비판하는 소리도 있다.
그러기에 우리 사회 현실은 불안하다.

한 번 실패가 회복되기 어려운 실패가 되기 쉽다.

패자부활전이 없는 구조 속에서

경쟁은 냉혹해지고 실패는 치명적이 된다.

더구나 사회는 경력직을 선호하는 추세다.

하루가 다르게 급변하는 환경 속에서

예전처럼 신입을 키워 일을 시킬 여유가 없다.

평생직장이란 개념은 회사에게도, 구성원에게도 존재하지 않는다.

청년들은 경력이 필요하고,

이를 위해 계약직도 마다하지 않는다.

경력직은 숙련도를 의미한다.

'계약직 노마드'인 이 시대 청년들에겐

언제나 불리한 구조일 수밖에 없다.

기성세대가 만들어 낸 구조 속에서

청년들은 소모되어져 간다.

기성세대가 만들어 낸 구조 속에서 소모되어지고,

기성세대가 만들어 낸 책임의 부산물을 떠안는다.

저출산고령화, 온난화와 같은 세계기후변화,

미세먼지 등 대기질 저하, 고도성장의 폐해와
저성장의 암울한 미래….

청년들에게 오늘의 현실은 공정하지 않다.
청년들은 '공정'에 목마르다.

자신들이 짊어져야 할 책임은 보상받지 못하고,
책임이 없는 문제에 대해서는
고스란히 비난의 화살을 맞아야 하는 상황에
청년들은 힘들어 하고 아파한다.
이런 상황을 아프니까 청춘이라고
퉁치고 넘겨서는 안 된다.

오늘 청년의 아픔은 그 맘 때면 가질 수 있는
젊음의 어리광이 아니다.
이 시대가 함께 고민하고 풀어가야 할
오늘의 문제이자, 미래의 과제이다.

언젠가 글쓰기 강의를 들었던 청년에게서 전화가 온 적이 있었다.
홍보회사를 가고 싶다고 했다.
그런데 어떻게 시작해야 할지 모르겠다고

하소연하며 도움을 청했다.

그는 홍보와 광고의 차이를 몰랐다.

어떤 회사들이 있는지도 몰랐다.

한 시간 동안 차근차근 설명해 주었다.

내가 가진 자료를 메일로 보내 주었다.

필요하면 언제든 다시 전화하라고 했다.

그 해 연말 어느 모임에 나갔다.

한 청년이 내게 달려와 환하게 웃으며 인사를 했다.

"선생님, 저 아시겠어요?"

"누구시죠?"

"지난 번 강의 들었던 학생입니다.

전화로 조언해 주셔서 작은 회사지만 취업이 됐어요.

감사합니다."

"네, 정말 축하해요."

청년들에게 필요한 것은 어쩌면 이런 것인지 모른다.

"요즘 애들은 기초가 부족해"라고 흉보지 않고

선배들의 경험을 성심껏 알려주는 것이다.

"요즘 애들은 열정이 없어"라고 비판하지 않고

그 열정이 나올 수 있도록 동기부여해 주는 것이다.

"요즘 애들은 끈기가 없어"라고 방치하지 않고

그들이 끝까지 할 수 있도록 옆에 있어 주는 것이다.

"요즘 애들은 불만만 많아"라고 냉소하지 말고,

그들이 공정하게 느낄 수 있도록

좋은 시스템을 만들어 주는 것이다.

인생은 되돌릴 수 없는 시간과의 싸움이다.

먼저 살아 온 세대로서

청년들 보기에 부끄럽지 않은

책임 있는 삶을 살아가자고 다짐해 본다.

그리고 힘들고 어렵지만

결국 이겨 낼 후배들을 응원한다.

면접관과 피면접자
#

"택시를 탔어요.
운전기사님이 정부 정책을 강력하게 비판하세요.
어떻게 대응하시겠어요?"
홍보 관련 전문임기제 선발에
면접관으로 참여하여 질문을 던졌다.

"먼저 조용히 듣겠어요. 경청이 중요하니까요."
"조목조목 설명을 해드리겠어요."

대체로 응시자들은 태도적인 측면에서 대답을 한다.
그런데 대화 예절에 대해 답을 듣고 싶었던 것이 아니었다.
'택시 운전기사님을 매체로 인식하고 있는가?'가 질문의 의도였다.
매체로 인식했다면
'전략적 매체 마인드로 접근하는가?'로 이어진다.

누구나 미디어가 될 수 있는 세상이다.
이것이 뉴미디어 시대의 핵심 요체이다.

미디어는 매체이다.

영향력 있는 매체를 찾아

원하는 콘텐츠를 실려 보내는 일이 홍보 업무이다.

물론 유튜브, 페이스북, 네이버 포털 등

뉴미디어 시대의 미디어 플랫폼이 중요하다.

이러한 플랫폼들을 잘 활용하기 위해서는

'미디어가 무엇인가'라는

본연의 철학적 성찰이 우선 필요하다.

택시 운전기사나 동네 부동산 사장님,

시장 상인들이나 평생학습원 강사들은

제법 많은 구독자를 지닌 미디어이고,

제법 영향력이 큰 생활 미디어다.

그들의 정보의 원천은 어디이고,

왜 그런 입장이 되었는지 파악하는 것이 중요하다.

그들의 매체로서의 특징은 어떠하고,

어떻게 하면 우호적 매체로 전환시킬 수

있을지에 대한 전략도 필요하다.

그들의 인구통계학적 특성은 무엇인지,

그들의 업무·생활적 특성은 무엇인지,

그들과의 대화 시간은 어느 정도인지,

그들의 커뮤니케이션 특성은 어떤지,

그들에게 전달할 핵심 메시지는 무엇인지 등

다양한 홍보적 고민들이 일어날 수 있다.

이런 점들을 고려하고 대응할 수 있을 때

훌륭한 홍보맨의 자질을 지녔다고 말할 수 있다.

우리는 언론, 방송, 포털 등

너무 큰 세계만 바라보고 있는지 모른다.

책으로 공부한 이론적이고 도식적인

방법론에 매몰되고 있는 것은 아닌지 점검해야 한다.

모든 시민이 미디어다.

시민이 매체이자, 콘텐츠이다.

모든 메시지는 시민으로부터 나온다.

마지막으로 면접 팁 하나를 준다면,

면접할 때 주어진 질문에 대해

너무 정확한 답을 내려 하지 않는 것이 좋다.

'Way of thinking'이 더 중요하다.

솔루션에 접근하는 방식을 보여 주어야 하는 것이다.

면접관들은 사실 답이 없는 문제를 낸다.

창의적이고 의외의 대답에 더 귀를 기울인다.

왜 그런 대답을 했는지 궁금증이 생긴다.

더 듣게 하고 싶은 답변은 무엇일지

고민하는 것이 현명하다.

가슴과 인내로 하는 홍보
#

홍보 쪽 일을 하면서 느끼는
변함없는 원칙이 있다.
'내게 좋은 것이어야 남에게도 좋다'와
'결국 진정성은 통한다'이다.
내가 만족할 만한 좋은 콘텐츠를 준비하고
인내심을 가지고 꾸준히 알리면
결국 소비자의 공감을 이끌어 낸다.

반짝 아이디어나 단발성 인기 콘텐츠가
좋은 홍보라고 착각하는 사람들이 있다.
성공하는 홍보 커뮤니케이션은
머리로 하는 것이 아니라 가슴으로 하는 것이며,
조급함으로 밀어내는 것이 아니라
인내로 끌어오는 것이어야 한다.

성공을 선물하는 행운의 여신 '포투나'(Fortuna)는
변덕쟁이라고 한다.
좀 더 끈질기게 믿고 기다릴 때

성공이라는 선물은 행운처럼 다가올 것이다.

원칙과 소신이 빛나는 날은 꼭 온다!

사람이 먼저다
#

"형, 잘 지내세요?
문득 생각나서 연락드려요.
형, 보고 싶네요."

뜬금없는 문자를 한참 처다보았다.
마음 한 구석이 뭉클해진다.
종종 이런 문자를 기자 선후배들로부터 받는다.

물론 나는 기자 출신이 아니다.
홍보의 세계에서는 나이가 많으면 주로 선배,
같거나 어리면 선수로 부른다.

기자들에게 취재 현장은 일터를 넘어
전쟁터와 다름없다.
그들에게 홍보담당자는 적군이기도 하고,
또 아군이기도 하다.
싸우기도 잘 싸우고,
어울리기도 잘 어울린다.

홍보맨은 PR전문가다.

P할 것은 피하고, R릴 것은 알려야 한다.

기자는 취재원이 피할 것을 알아내고

알리고 싶은 것을 의심해야 한다.

특종의 기대감과 낙종의 불안감을 넘나드는

기자들과의 만남은

힘들기도 하지만 때때로 흥미롭다.

전화 속 대화나 만남을 통해 서로

묘한 긴장과 진한 전우애를 느끼기도 한다.

어느 날엔가 후배 기자들과 낮술을 마시며

한참을 꺼이꺼이 울었다.

나는 울 이유가 분명했는데,

그 기자들은 왜 나와 함께 울어 주었을까?

나중에 물어보니 "모르겠어요" 하며

빙그레 웃는다.

일로 만난 사람들이 삶의 벗으로

이어지고 있음은 기분 좋은 일이다.

특히 요즘같이 사람 관계가
각박해진 시대에는 더욱 그러하다.

사람으로 진심을 다하면
그 진심은 늘 상대에게 전해진다.
모든 일이 사람이 하는 일이다.
희로애락의 감정이 이성에 앞서는 것도
인지상정일 것이다.

사회부나 법조, 국제부로 보직을 옮긴
후배 기자들이 내게 말하곤 한다.
"선배, 취재 생각 않고 만나니 좋네요."
나도 같은 마음이다.

'사람이 먼저다.'
삶의 지침으로 삼을 만하다.

홍보 실패의 지름길

#

홍보에서 실패하는 지름길이 있다.

이쪽저쪽 잘한다는 홍보를

죄다 따라 하는 것이다.

그것은 자신이 홍보하려는 대상을

아직 제대로 파악하지 못했다는 의미일 수 있다.

홍보에서 늘 부족한 것이 시간과 비용이다.

좌고우면(左顧右眄)해서는 시기도 놓치고, 고객도 놓친다.

홍보 대상의 장점이 무엇인지,

또 단점이 무엇인지 제대로 분석하는 것이 먼저다.

그리고 쓸 수 있는 자원이 무엇인지 정리하고 챙겨야 한다.

그 기본 위에서 홍보든 마케팅이든 방법을 찾는 것이다.

그러니 이게 좋다 저게 좋다 하는

주위의 훈수로 자꾸 흔들리게 되면

제대로 된 홍보는 포기하는 것이 좋다.

흔들리는 영점으로는

제대로 된 사격이 어려운 법이다.

홍보를 잘 하고 싶거든 빙의가 될 만큼
자기 제품에 대한 공부를 먼저 심도 있게 하라.
훈수만 따라가다가는 이도 저도 안 되고
결국 남 탓만 하게 된다.

시선을 사로잡는 3S 홍보 마케팅
#

    시선을 사로잡는 광고의 3B 법칙이 있다. 광고 모델로 아기(Baby), 미인(Beauty), 동물(Beast)을 활용하면 비교적 성공 확률이 높다는 것이다. 이 법칙은 오늘에 있어서도 크게 달라지지 않았다. 트렌드를 넘어 광고의 고전적 법칙으로 통용된다. 법칙까지는 아니더라도, 시기에 따라 유행하는 트렌드도 있다. 트렌드를 잘 읽으면 제법 성공 확률이 높은 광고·홍보를 할 수 있다. 특히 방송 프로그램의 트렌드를 분석하고 공부하는 것은 매우 유용하다.

    요즘 방송 프로그램을 이끌고 있는 3S가 있다고 생각한다. 이는 정부와 공공기관의 홍보 전략에도 시사점을 줄 것이다.

    먼저 외국인(Stranger)이다. 시청자는 늘 새로움을 추구한다. 그러나 이해하기 난해한 프로그램은 외면한다. 익숙하면서도 새로운 것을 찾는 모순적 요구를 한다. 이러한 요구에 외국인 콘텐츠는 좋은 해법이 된다. 외국인의 눈은 우리에게 익숙한 모든 것들을 낯설게 본다. 그 시선을 따라갈 때 시청자들은 새로운 느낌에 감정이입이 되곤 한다. 꿈틀거리는 산낙지를 낯설게 바라보는 표정이나, 한국의 일상 문화에 적응하지 못하는 모습 등을 보이는 외국인을 따라가는 시청자의 눈은 즐겁다. 또한 문화의 다양성을 이해하는 공익성을 주기도 한다.

두 번째는 스포츠맨(Sportsman)이다. 예전에도 강호동을 비롯해서 스포츠맨들의 TV 진출은 있어 왔다. 최근 들어 종편과 스포츠 채널의 확대로 이러한 현상이 더욱 커지고 있다. 스포츠의 예능화가 가속화되고 있는 것이다. 스포츠맨들은 엔터테이너로서의 자질이 풍부하다. 그러나 프로 연예인으로서의 능수능란함은 약하기 때문에 오히려 프로그램의 진솔성을 높이는 효과가 있다. 또한 서장훈, 김연경, 추성훈 등은 자기 분야에서 최고의 명성을 누렸고 신체적 개성도 강하기 때문에 시청자들의 시선을 끌기에 충분하다. 방송 제작자들이 이러한 장점들을 놓칠 리가 없다.

마지막으로 SNS 스타이다. 바야흐로 유튜브 전성시대이다. 굳이 TV 방송에 나오지 않아도 많은 팬들을 거느리는 스타로 부각될 수 있는 시대이다. TV와 SNS는 상호 상승작용이 가능하다. SNS 스타가 TV에 나와서 인지도를 높이면 더 큰 SNS 스타가 되는 것이다. 또한 TV 연예인들의 유튜브 진출도 눈에 띄게 늘어나고 있다. 향후 유튜브의 지배는 더욱 가속화될 것이라고 전문가들은 예측한다.

최근 미디어 흐름을 이해하고, 활용 가능한 요소들을 찾아 공공정책 홍보에 적극 적용해 나가고자 한다. 정부, 특히 지방정부는 선거법 등 홍보에 많은 제약이 있는 것이 현실이다. 다양한 아이디어를 통해 홍보해야 한다. 아이디어는 방송과 영화, 인터넷 등 도처에 존재한다.

시민들에게 꼭 알려야 할 것은 알리고, 협력을 구해야 할 것은 구해야 한다. 시민과 함께하는 행정을 위해 시선을 잡는 홍보의 힘이 필요하다.

공부하는 아이 떡 하나 더 주기
#

예산국회가 가까워질수록
지방정부는 더 바빠진다.
내년 살림에 한 푼이라도 더 보탬이 되고자
의원실과 정부부처 문턱이 닳도록 방문한다.

이맘때면 두 가지 논조의 언론보도가 나온다.
하나는 예산을 따려는 지방정부의 노력이
타 지자체에 비해 부족하다는 비판이다.
주로 지방언론에서 많이 나온다.
또 하나는 지역예산 나눠 먹기 심각 등
자기 지역 선심성 예산에 대한 비판이다.
주로 중앙언론에서 많이 나온다.

언젠가부터 국가중요사업 선정지를 결정하는 데
정치적 배려, 지역안배 차원이란
말이 많이 나오게 됐다.
예산 배정이나 중앙사업 유치가
곧 해당지역 정치인의

능력의 척도처럼 되어 버린 것이다.

당연히 가져올 것은 가져오고

다른 지역에 더 적합한 것까지 빼앗아 오라는

잔인한 채찍질에 놓이게 된다.

지방정부는 최선을 다해야 한다.

그러나 안 되는 것은 또 안 되는 것이다.

다만, 매우 영리할 필요는 있다.

시험 하루 전 벼락치기 공부로는

좋은 성적을 내기 어렵다.

선생님의 진도를 잘 따라가고

미리미리 출제 의도를 파악하고

꼼꼼히 준비하는 학생이 우등생이 된다.

중앙정부가 필요로 하는 사업이나 정책을

기획단계에서부터 함께 고민해 주고

지방정부가 선도해서 풀어 주려고 하면

예산과 사업은 뒤따라 올 수 있다.

그러기 위해서 지역 안에 갇혀서는 안 된다.

국가로 고민하고, 세계로 눈을 넓혀야 한다.

그것이 연방제 수준의 지방자치개헌으로
나아가는 길이기도 하다.

물론 오늘의 지방의 현실은 퍽퍽하나,
우는 놈 떡 하나 더 주는 시대가 아닌
공부하는 놈 떡 하나 더 주는 시대가 올 것이다.

안 되면 안 될 값에 하라
#

어려운 문제일수록

대부분 구조적인 것이 많다.

쉽게 해결할 문제라면

이미 해결되었을 문제라는 것이다.

한 여론조사 기관에서

지방자치 단체장 직무만족도 조사를 했는데,

아직 출범한 지 얼마 안 된

인천시가 낮은 평가를 받게 되었다.

이유는 매우 복잡하고 중층적이었으나

경험치가 많은 다른 지자체장과의 단순 비교는

공평하지 않다는 생각이 들었다.

전문가들과 대화하고 해법을 찾아

해당 조사 기관에 평가 유예를 공식 제안했으나

그럴 수 없다는 부정적인 답변을 들었다.

그러면서 더욱 공정한 조사를 위해 애쓰겠다는

대답만 돌아왔다.

우리가 고민한 개선 사항을 전달했으니,

할 수 있는 일은 다한 셈이었다.

결과가 크게 달라지지 않겠지만,

그건 또 그때 가서 생각할 일이다.

"잘 안 될 거예요."

"늘 그래 왔던 거예요."

요즘 자주 듣는 말이다.

나도 은연중에 하는 말이기도 하다.

"안 되면 안 될 값에 한번 해 봅시다!"

박남춘 인천시장이 자주 하는 말이다.

말맛이 좋아서 귀에 잘 꽂힌다.

'Something is better than Nothing.'

예전엔 자주 쓰고 좋아했던 말인데,

요즘엔 잘 안 쓰는 말이 됐다.

힘든 일을 겪으면

더 굳어지는 것이 부정적 태도이다.

신나게 구워 먹고 불판에 남겨져서 굳어진

삼겹살 돼지기름 같은 삶을

다시 서서히 데울 필요가 있다.

그렇게 데워야 김치볶음밥을 만들어 먹든

다시 고기를 구워 먹든 할 수 있다.

안 되면 안 될 값에 말이다.

청년 미술학도의 방문
#

"몇 말씀만 드려도 될까요?"

충남도청 사무실로 들어선 한 청년이

떨리는 목소리로 외쳤다.

"저는 미술학도입니다.

부끄럽지만 여러분께 제 작품을 소개하고 싶습니다."

급하게 문서 하나를 검토하는 중이라

그의 이야기를 들어줄 만한 여유가 없었다.

청년은 별 반응 없는 사람들을 향해

포기하지 않고 작품 설명을 했다.

그리고 물었다.

"제게 이 작품이 얼마냐고

물어봐 주시지 않겠습니까?"

"얼마예요?"

귀찮은 듯 누군가 응해 주었다.

"예, 3만 원, 5만 원입니다.

물어봐 주셔서 감사합니다.

그리고 들어주셔서 감사합니다."

청년은 긴장이 풀린 듯 덧붙였다.
"물 한 잔 마실 수 있을까요?"
그는 물을 벌컥벌컥 들이켜고는
감사 인사를 남긴 채 나갔다.

사무실은 다시 바쁜 업무 모드로 돌아갔고,
나는 왠지 모를 공허함을 느꼈다.

8년 전 충남도청에 처음 갔을 때
각종 물건 파는 분들이 자유롭게
사무실을 드나드는 모습을 보고 깜짝 놀랐다.
한번은 내가 언짢아하며 내보내려는데,
옆 팀장님이 아무렇지도 않게 불러서
양말 한 세트를 사주는 것이었다.
"어차피 필요했던 물건인데 기왕이면
어려운 사람에게 사는 것이 좋지 않아요?"

청와대에서 근무하는 동안 높은 보안 유지를
덕목으로 여겼던 나로서는 문화적 충격이었다.

업무 영역은 지켜져야 한다.

아무렇지도 않게 허용돼서는 안 된다.

그러나 달리 생각해 보면,

시민의 눈높이에서 시민들의 실제적 삶에

도움이 되어야 한다는 논리도 틀린 것은 아니다.

시민과 밀접히 있으면서

소통해야 하는 생활정부로서의

지방행정에서는 그것이 참일 수 있다.

공직자로서 늘 형식과 내용의 경계,

규제와 자율의 경계에서 고민하게 되는 이유다.

충청인의 말과 멋

#

충청도 특유의 대화 스타일이 있다.

"마실 것 드릴까요?"

"아뉴, 뭐 됐슈."

NO라고 답한 줄 알았다.

그런데 YES였다.

찾아갔는데 음료수도 한 잔 안 주는

야박한 사람이라고 하더라는 말을

나중에 건너 건너 들었다.

"이 사안 좀 검토해 주시고 해결 부탁드려요."

"잉 알았으니 거 놓고 가셔유."

YES인 줄 알았다.

그런데 NO였다.

"내가 알았다고 혔재, 혀준다고 혔나?"라고

얘기했다는 것을 건너 건너 들었다.

YES였으면 그 자리에서 펼쳐 보고

"잉 극정 말고 가셔"라고 했을 거라는 것이다.

"이거 얼마예요?"

"즉당히 알아서 주셔유."

"3,000원이면 돼요?"

"······."

"5,000원 드리면?"

"······."

"7,000원은 어뗘세요?"

"아유, 넵둬유~ 개나 줘 버리게."

결국 그 상품은 10,000원에 팔렸다고 한다.

충남 사람이 들려준 우스개소리다.

처음에는 무척 힘들지만,

나중에는 익숙해지는 것이 문화이다.

그리고 그 문화에는

나름의 유래와 합리성이 있다는 것을 알게 된다.

충청인의 멋은 느림과 여유에서 나온다.

내가 모호함이라고 느끼고 답답해했던 것이

나의 선입견과 조급함으로 인한 것이었음을 깨달았다.

상대방의 의사를 존중하면서도

자신의 의견을 관철시키고자 하는 태도.

그것이 충청인의 말과 행동에 늘 배어 있었다.

"이것이 뭣이여?"
"술이여!"
"아니여! 정이여!"
회식에서 외치던 건배가 그리워진다.

전혀 다른 환경에서 살아온 사람들이
단박에 서로 이해하고 통하는 사이가 되는 것은
말처럼 쉬운 일이 아니다.
학교, 군대, 직장은 당연하고, 심지어 부부 관계도 그렇다.

잘 맞지 않는다고 외면하고 피하면
관계는 더 어려워질 것이다.
기다려 줄 것은 기다려 주고,
부딪칠 것은 부딪쳐야 한다.
시간이 지나면 대화와 소통이 잘 풀리는 때가 온다.

투명한 재산 공개
#

재산신고를 했다.

청와대에 있을 때 하고 11년 만이다.

예전에 비해 재산신고는 쉬워졌다.

일일이 금융기관을 찾아가

잔고증명서를 떼야 할 일이 없기 때문이다.

국세청 홈페이지에 들어가서

해당 사항만 기입하면 끝이다.

재산신고를 하다가 뜻밖의 횡재를 만났다.

잊고 있었던 차이나 펀드가 제법 수익을 내어

재산으로 등록되어 있었던 것이다.

80만 원 정도였는데, 나에겐 대단한 보너스처럼 여겨졌다.

투명함은 당당함이다.

고위 공직자의 재산이든,

중앙과 지방정부의 재정운용이든,

주요 정책에 대한 보고서이든

투명하게 공개될 때 신뢰가 높아진다.

자기 일에 당당할 수 있다면 투명해지고,
더 투명해질수록 당당함은 커진다.

여론조사와 신뢰도의 상관관계
#

참여정부 5년을 청와대에서 일했다.
그중 2년은 여론조사 행정관으로 일했다.
당시 노무현 대통령님의 국정지지율은
30%대에서 40%대를 오르내렸다.

여론조사는 해당 시기의 국정에 대한
국민의 인식을 수치로 평가한다.
그러나 여론조사 자체가
국민의 인식에 영향을 미쳐서
여론을 호도하는 경우도 많다.

따라서 여론조사는 국정을 더 잘하기 위한
객관적 지표로서의 순기능이 존재하면서도
정치적, 혹은 다른 목적으로 악용될 수 있는
역기능도 존재하는 것이다.

조사 결과의 등락에는
매우 복잡한 요인이 존재함에도

당시의 단순한 사건과 이슈로
이유를 설명하는 경우가 허다하다.

노무현 대통령께서는 실질을 중시하셨다.
국민의 평가는 그것대로 인정하지만,
그렇다고 보여 주기식 행보는 원하지 않으셨다.
꼭 해야 할 일은 여론의 반대에도 추진했고,
잘 포장된 의전 행사보다는
내실 있고 실제적인 토론이나
혁신활동 행사를 선호하셨다.

국정지지율은 당시의 정치 지형을 반영하고 있기도 했다.
대통령께서는 당시 여당 내에서도 비주류 출신이었고,
진보 진영의 분화도 국정지지율에 영향을 미쳤다.

누구보다 공정하고 투명하려 했고,
대화와 타협의 민주주의를 추구하고
분권과 균형의 올바른 철학을 가지고
정부를 혁신하고 국민과 소탈하게 소통하려 했던
노무현 대통령께서는 오히려 임기 내내
낮은 국정지지율로 언론의 비판을 받아야 했다.

사람들의 인식 속에도 그리 새겨졌다.

더구나 실제로 측정되는 긍정적 국정지표나

여러 가지 가시적 성과들,

국가적 위상 제고에도 사람들은 외면했다.

결국 퇴임 이후가 되어서야

노무현 대통령님에 대한 지지율은

그에 걸맞은 자리를 찾게 되었다.

지금도 많은 여론조사가 시행되고

또 언론을 통해 발표되고 있다.

어떻게 조사되었는가보다

어떤 결과가 나왔는가가 사람들의 눈길을 더 끈다.

2016년 미국에 갔을 때

PEW리서치센터를 방문한 적이 있다.

이 조사기관은 비정파적 비영리공공기관으로

시민들의 자발적 후원을 통해 운영된다.

따라서 PEW리서치의 조사 결과는

여야, 진보, 보수를 떠나 신뢰도가 높다고 한다.

부러운 일이 아닐 수 없다.

자전거 배우기

#

자전거를 처음 배울 때 참 힘들었다.

자꾸 넘어질까 하는 두려움 때문이었다.

모든 신경은 핸들을 잡은 나의 손과

페달을 밟은 나의 발,

그리고 안장 위 내 몸에 집중됐다.

그러면서 넘어지지 않으려고 안간힘을 썼다.

힘을 주는 만큼

자전거는 앞으로 나아가지 않고

매번 넘어지기 일쑤였다.

또 넘어지지는 않을까,

내가 뭘 잘못하고 있는 건 아닐까 하는 두려움과 자책은

또 다른 넘어짐의 원인이 됐다.

그런데 어느 순간 느꼈다.

나를 보지 않고, 내가 어디로 갈지를

보는 것이 중요하다는 것을….

그곳을 향해 시선을 두고
힘껏 페달을 밟으면
자전거는 넘어지지 않고 앞으로 갔다.
부모님이 앞에서 "여기까지만 와 봐" 할 때
그곳을 보며 나아가는 아이처럼 말이다.

뭔가 열심을 다했는데도
결과가 좋지 않을 때가 있다.
그대로 받아들이자니 억울하고
해명을 하자니 변명이 된다.
모든 게 다 내 탓인 것처럼
마음만 무거워진다.

그럴 때는 초심으로 돌아갈 수밖에 없다.
늦더라도 하나하나 다시 시작해야 한다.
소신으로 밀어붙일 것은 밀어붙이고
새롭게 바꿔야 할 것은 바꿔야 한다.
무엇보다 어디로 가야 할지
목표를 가다듬는 것이 중요하다.

어느 것 하나 쉬운 일이 아니다.

그렇다고 넘어짐을 두려워할 일도 아니다.

때로는 그저 앞만 보고

뚜벅뚜벅 가면 된다.

나를 점검받는 일

#

건강검진을 하는 시기가 돌아왔다.

당분간 술도 좀 줄이고,

운동도 해야지 마음먹는다.

현재의 몸 상태를 점검하는 데

왜 그런 마음이 드는지는 모를 일이나,

언제나 검진을 앞두고 결심 같은 걸 하게 된다.

생각해 보니,

꼭 건강검진만 그런 건 아닌 듯하다.

초등학교 때 장학사가 올 때나

학창시절 시험 보는 것도 비슷하다.

평소의 학습 실태나 자신의 학업능력을

점검하는 취지의 행사임에도 평소대로 지낼 수는 없다.

발등에 불 떨어져 급하게 하는 준비가

얼마나 효과가 있겠나 싶지만

지금껏 그렇게 한 고비 한 고비 넘기며 살아왔다.

살아가는 일이

항상 주도적으로 이끌고 가는 것이면 좋겠지만,

이렇게 이끌려 가는 일도 많다.

누군가로부터 나를 점검받는 일은

나를 성장시키는 계기가 될 수 있다.

개인뿐만 아니라

기업이나 정부도 그럴 것이다.

두 달에 한 번 꼴로

지방의회에 서게 되는데

그로 인해 나와 조직이 하는 일과

일을 대하는 자세를 가다듬게 된다.

그렇다고 부족함이 없어지거나

의원님들의 지적 사항이 줄지는 않지만 말이다.

메시지팀의 존재 의미
#

"시간 되시면 직접 찾아뵈었으면 하는데…."

새롭게 시작하는 지방자치정부의
공보·홍보 담당자들이 면담을 요청한다.
중앙부처에서도 자문 요청이 종종 있다.
청와대 5년, 충남도청 7년 동안
홍보 메시지 업무를 해왔던 경력 덕분이다.
그분들을 만나면
메시지팀이 있는지부터 확인한다.
없다면 꼭 만들라고 한다.

메시지는 단지 최고결정자의
연설문에 그 의미가 국한되지 않는다.
해당 지방정부나 조직의 비전과 가치,
그리고 실행 과정을 정리하고 전달하는
핵심적이고 종합적인 결과물이다.

메시지 전략은 가장 중요한 홍보 전략이다.

어느 한 사람의 개인기로 해결될 수 있는 과업이 아니다.

많은 지방정부가 메시지팀이 없이
메시지를 생산하고 관리하고 있다.
비서실 혹은 정책기획관실에
메시지 담당 직원 하나가 골방에 앉아
자판기처럼 매일매일의 연설문이나
기고문, 인터뷰 자료 등을 쓰곤 한다.
본인이 무슨 글을 썼는지도 잘 모르는 채
최고결정자에게 보고가 올라간다.

홍보를 잘하고자 한다면
무엇보다 우선적인 것이 시스템 구축이다.
아무리 뛰어난 한 사람, 한 부서가 있다 해도
개인기는 분명 한계가 있다.
서로 정보를 공유하고 협업하는 구조를 만들어야 한다.

스피치라이터를 돕는 초안
#

"우아, 어쩜 이렇게 잘 고쳐 주셨어요?"

연설문 등을 작성해 보내 주면,

해당 부서 담당자가 칭찬의 말을 건넨다.

고맙다는 인사는 하면서도

이내 나는 까칠한 성격을 드러낸다.

"정말 고마우시면 다음부터는

초안을 좀 더 성의 있게 준비해 주시길 부탁드립니다."

충남도청에 메시지팀이 처음 생긴 후

각 부서에서는 초안도, 참고자료도 없이

도지사 연설문, 영상, 서면 메시지,

서한문, 기고문 등을 앞다투어 요구했다.

메시지팀이 생겼으니 연설문은 처음부터 끝까지

온전히 맡기면 되겠다고 생각한 것이다.

행사가 바로 내일인데

당장 오늘 내놓으라고 요청하기도 하고,

어떤 때는 당일에 글을 쓰는 일도 발생한다.

메시지팀은 자판기가 아니다.

누른다고 따박따박 글이 나올 수 없다.

세상에 없는 것을 만들어 내는 마법사도 아니다.

최소한의 글 재료도 없다면 대략 난감하다.

연설문 초안과 참고 자료 등을 달라고 하면

글재주가 없다는 핑계를 댄다.

글을 잘 써 달라는 것이 아니다.

관심을 가져 달라는 것이다.

행사를 준비하는 사람이라면 알아야 한다.

그 행사가 왜 기획되었는지,

누가 참석하는지, 어떤 성과를 거두고 싶은지,

무슨 메시지를 전하고 싶은지,

이번 행사의 차별성은 무엇인지,

작년과 어떻게 다른지,

어떤 느낌과 기분(tone & manner)으로 말해야 할지,

행사 관련 사례와 통계들이 있는지,

어떤 정책들이 추진되고 준비되고 있는지,

이 행사가 언론에 어떻게 보도될지 등을 말이다.

메시지 담당자가 초안을 통해 알고 싶은 것은

바로 이런 내용들이다.

메시지 담당자, 즉 스피치라이터(speech writer)는
이러한 내용들을 재료 삼아
연설자의 입맛에 맞게 잘 요리하는 요리사와 같다.

충남도청 메시지팀장으로 있던 3년 동안
많은 실랑이를 하며 메시지팀을 정착시켰다.
이제는 인천시에 메시지팀을 새로 만들었다.
하나하나 다시 체계를 만들어 가는 중이다.
분명히 시간은 걸리겠지만,
울림이 있는 메시지를 다 함께 만들어 가는 일이기에
애정으로 임하고 있다.

자신의 일을 제대로 알고, 깊이 사랑하고,
관행을 넘어 다르게 일한다면
모두를 감동시키는 진정한 메시지가 탄생할 것이다.

눈이 게으름
#

사회 초년병 시절 회사를 다닐 때였다.

몇 년간 방치되어 있던 창고 정리를 하는 업무가 떨어졌다.

너무나 복잡하고 어지럽게 쌓여 있는 물건들을 보며

망연자실해 있는 후배들에게

"지금 안 하면 너희 후배들이 더 고생한다.

보기만 하니까 어려워 보이지

치우기 시작하면 금방이야"라며 독려했다.

선배의 말처럼 치우기 시작하니

얼마 안 가서 창고가 정리되기 시작했다.

깨끗이 정리된 창고에서 먹는

짜장면은 정말 꿀맛이었다.

이때 선배가 했던 말이 기억에 남는다.

"눈이 게으름."

눈으로 노려보기만 하고 움직이지 않는

게으름을 말하는 것일 거다.

꼭 해야 할 일이라고 느낀다면

그때 바로 시작해야 한다.

삶의 변화는 눈이 게으름을

이겨 내는 데서 시작한다.

팀장의 역할
#

"팀장이란 자리가 부하직원들 때문에
곤란하라고 있는 자리다.
부하직원들이 실수하는 거
짬밥으로 커버하라고."
드라마 〈여우각시별〉에 나오는
양서군 팀장(김지수 분)의 대사다.

어찌어찌 하다 보니
벌써 사회생활 25년차가 되었다.
그중 반은 어느 팀의 팀원으로,
나머지 반은 팀장으로 살아왔다.

팀원으로서 나는 꽤나 많은 사고를 쳤던 것 같다.
어떤 때는 준비 부족으로, 어떤 때는 무모함으로,
어떤 때는 부주의로, 어떤 때는 자존심으로….

사고를 치고 나면
결국 책임은 팀장과 함께 졌다.

내가 혼났던 만큼,

아니 그 이상으로 팀장도 혼났다.

시간이 지나 팀장, 부서장의 위치에 있다.

하루하루 많은 일들이 지나가고,

그 모든 일들의 책임자가 된 것이다.

그러다 보니 화를 낼 일도 많아지고,

또 팀원들이 감당해야 할 이상의 책임을 기대할 때도 있다.

팀장이든 팀원이든

서로가 서로에게 책임을 다하는 조직이라면

그 조직은 정말 강한 조직일 것이다.

직장인들이여, 멋지게 사고 치시라!

생산적인 사고, 정의로운 사고라면 더 좋다.

공격수와 수비수
# #

모든 팀에는 역할이 있다.

공격수가 있고, 수비수가 있다.

점수를 따내는 이가 있으면, 지키는 이도 있다.

구두닦이에도 찍새와 딱새가 있다.

찍새가 찍어 오면, 딱새가 닦는다.

둘 다 잘하는 이도 있지만,

보다 잘 하는 역할에 더 매진하는 것이 좋다.

문제는 대다수가

공격수가 되고 싶어 한다는 것이다.

스포트라이트도 받고, 인기도 끌고 하면

아무래도 성공에 더 가까워지기 때문이다.

축구팀을 구성할 때에도

공격수를 하고 싶어 하는 이에 비해

수비수를 지망하는 이는 적다.

결국 공격수가 안 되는 실력이면

수비수가 된다는 편견을 낳기도 한다.

공격과 수비는 하는 일이 다르므로,

그에 필요한 자질과 기초체력, 훈련 방법이 다르다.

그러나 다름으로 인정되지 않고

우열로 오해하고 있어서 벌어지는 문제가 많다.

우선 팀워크가 이뤄지지 않는다.

또한 자원의 편중이 일어난다.

역할의 편견이 고착화 된다.

결과적으로 강팀이 될 수 없다.

일반 조직에서도 공격을 주로 하는 역할과

수비를 맡아야 하는 역할이 있다.

공격은 아무래도 사업을 벌이고 기획을 하고

앞장서 나서기를 좋아하는 성향이고,

위험 감수형일 가능성이 크다.

수비는 뒤에서 챙기고 수습하고 정리하고

아래에서 받쳐 주는 성향이고,

포용적인 안전 추구형일 가능성이 크다.

전자가 용장이라면 후자는 덕장이다.

자질도 다르고 역할도 다르다.

국가적으로도 마찬가지다.

앞서 나가면서 나라의 경쟁력을

높이는 일을 해야 하는 부문이 있다면,

뒤에서 그로 인해 낙오되거나 소외되는 이들을

챙겨야 하는 부문도 있다.

전자가 기업의 역할이라면

후자는 정부와 행정의 역할이라고 할 수 있다.

30여 년 전쯤 세계화 바람에 맞춰

행정이 기업처럼 되어야 한다는 담론이 거셌던 적이 있다.

일견 맞는 말인 것 같았지만

그렇게 될 수도 없고, 그렇게 되어서도 안 된다고 생각한다.

정부와 행정은 너무 앞서 나가면 안 된다.

능력과 자질이 다르고, 이익과 생각이 다른 사람들을

함께 갈 수 있게 해야 하고,

뒤에 처지는 이들까지 더불어 끌고 가야 하기 때문이다.

넓은 시야를 가지고 조율하고

공격을 뒤에서 지원해 주기도 해야 한다.

더디 가더라도 원칙을 지키고 공의를 생각하고

하나라도 더 많은 이와 함께 가야 한다.
그것이 정부이고 행정의 역할이다.

이러한 정부와 행정의 역할을 답답하다고
생각하는 이들도 많다.
정부와 행정도 자신의 역할에 적극적이되,
스스로 할 수 없는 일에까지 범위를 무한정
넓히려고 해서는 곤란하다.

기업과 민간의 생태계를 튼튼히 하고
공정하고 정의로운 관리자와 중재자로서의
역할을 다하면 어떨까?

기업이 추구하는 가치가 이윤과 효율이라면
정부가 추구하는 가치는 공정과 공익이어야 한다.
공정과 공익의 원칙은
약한 자에게 힘을 주고 강한 자를 바르게 하는 것이다.
국민 이익의 최후 방어선이 되어야 한다.

수비수가 되는 것이 부끄러운 것이 아니다.
소극적이라고 폄훼되어서도 안 된다.

좋은 수비수가 있어야 강팀이 되고
궁극에 승리하는 팀이 될 수 있다.

칭찬은 나를 춤추게 한다
#

상을 받는 것은 기분 좋은 일이다.
상은 모든 일의 동기부여가 된다.

어릴 적 상을 탄 경험이 그리 많지 않다.
공부는 곧잘 했지만, 상을 탈 정도는 아니었다.
예체능이나 다른 특별한 재능도 없어 박수만 칠 때가 많았다.

가뭄에 콩 나듯 상을 받을 때면
부모님께 중식당 특별 사용권을 얻곤 했다.
당시 부모님은 마포구 지역에서
중식당 식재료 납품업을 하셨다.

"훈이 왔구나! 아빠한테 전화 받았다.
뭐 먹을래? 맛있게 해줄게."
바쁠 때는 내가 자전거 배달도 해서
중국집 사장님들과는 꽤 친했다.
친구들을 데리고 가면
푸짐하게 한 상 잔치가 벌어지곤 했다.

상은 지난 노력에 대한 '격려'이기도 하지만

앞으로 더욱 잘하라는 '독려'이기도 하다.

술 마신 다음 날 먹는 라면 같은 것이어서

몇 번 경험하면 자꾸 받고 싶은 묘한 중독성이 생긴다.

홍보 분야에서 한때 유행하던

MPR(Marketing PR) A to Z가 있다.

A에 해당하는 것이 Award(수상)이다.

그다음에 이어지는 키워드는 대략 이렇다.

책자 발행(Book), 공모전(Contest),

시연(Demonstration), 전시회(Exhibit),

팬클럽(Fanclub), 개업식(Grand Opening),

핫라인(Hot line), 인터뷰(Interview), 탐방(Junket)….

한마디로 상을 받는 것은

조직의 홍보에 큰 도움을 준다.

요즘 기관별, 분야별로 상이 참 많다.

가릴 것은 가리고, 고를 것은 골라야 하겠지만,

어떤 상이든 상이 주는 효과는 내외적으로 크다.

칭찬은 고래도 춤추게 한다고 하지 않는가.

상으로 칭찬하는 것에 인색하지 않으면 좋겠다.
부모님이나 선생님은 물론이고,
크든 작든 조직을 이끄는 분들께 드리는 부탁이다.

칭찬도 기술이다.
정말 칭찬받을 만한 점을 찾아내는
관심과 노력이 필요하다.
좋은 상을 받는 것만큼이나
좋은 칭찬을 하는 일도 쉽지 않다.
하지만 상으로 주어지는 좋은 칭찬은
분명 삶의 활력소가 될 것이다.

나중에 또 상을 받아야겠다는
다짐을 하게 된다.

눈을 눈답게 볼 수 있는 날
#

눈이 오면 그냥 기분 좋았던 시절이 있었다.

하얀 눈밭이 좋았던 것도 같고,

흩날리는 눈발이 좋았던 것도 같다.

그저 뛰어나가 눈사람도 만들고

눈싸움도 하면서 눈을 만끽했다.

어느 때부터인가

눈 오는 것이 마뜩치 않게 되었다.

눈 오는 도로가 걱정이 되었고

눈 쌓인 거리가 부담스러워졌고

눈 녹은 지저분함이 싫어졌다.

공무원이 되니 더 그랬다.

내리는 눈은 달라지지 않았는데,

눈을 보는 나는 달라져 갔다.

한 선배가 들려준 우스개 일화가 있다.

사장님이 창밖을 보고 있었다.

밖에는 함박눈이 소담스럽게 내리고 있었다.

마침 비서실장이 결재를 받기 위해 사장실로 들어왔다.

사장님은 한껏 운치에 젖어서 말했다.

"거참, 눈 많이도 온다!"

한 시간쯤 지났을까?

다시 눈 내리는 창밖을 바라본 사장님은 깜짝 놀랐다.

회사 주변에 쌓인 눈이 모두 사라진 것이다.

사장님의 말을 들은 비서실장이

전 직원에게 눈을 치우라고 한 것이었다.

그 비서실장은 군 간부 출신이었다고 한다.

눈을 보는 사람들의 마음은 다 다를 수 있다.

쌓인 눈이 감상의 대상일 수도 있고,

제거의 대상일 수도 있다.

공무원들은 새벽부터 제설작업에 나선다.

막히는 도로가 걱정되고 시민들의 안전이 눈에 밟힌다.

눈을 눈답게 볼 수 있는 날은 언제 올까?

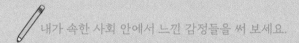
내가 속한 사회 안에서 느낀 감정들을 써 보세요.

5부

# #
나는 여전히
잘 살고 싶다

살면서 잘한 일 두 가지
#

살면서 잘했다고 생각되는 두 가지가 있다.

첫 번째는 이렇다.
군대에서의 일이다. 갓 이등병 때였다.
한 병장 선임이 담배 한 대 피우라고 명령했다.
담배를 피우지 않는다고 했더니
창고로 소대원들을 집합시켰다.

병장은 담배 한 개비를 꺼내
나에게 피우라고 다시 명령했다.
안 피우면 소대원 모두
하루 종일 기합을 주겠다고 엄포를 놓았다.
새까만 신병이 하늘 같은 선임 말을
안 듣는 것에 화가 난 것이다.

그러나 내게는 부당한 명령
그 이상 그 이하도 아니었다.
소대원들에게 미안함도 있었지만,

묘한 고집 같은 게 생겼다.

피우는 시늉이라도 하라고

다른 상병 선임이 눈을 부라렸다.

"안 피우겠습니다!"

지금 생각하면

무슨 배짱으로 그랬는지 모르겠다.

여기서 밀리면 군 생활 끝까지 밀린다는

위기감 때문이었을까?

나는 있는 힘껏 저항하고 거부했다.

"너 평생 담배 안 피울 거야?"

"네, 안 피우겠습니다!"

상황은 점점 험악해졌다.

선임들의 눈빛도 점점 날카로워졌다.

마침 막사를 돌던 선임하사가

병장을 말리면서 상황은 흐지부지 끝났다.

선임은 그 이후로 몇 가지 트집을 잡아

나를 계속 괴롭혔지만 못 견딜 정도는 아니었다.

거꾸로 매달아 놔도 군대 시계는 가고,

선임은 언젠가 제대를 한다.

나를 괴롭히던 병장도 제대하게 되었다.
그는 떠나면서 나를 시험했다고 했다.
내가 얄밉기도 하고 부럽기도 했다나?
그럴 수도 있겠다 싶었다.
그도 자신의 선임에게 당한 것이 있었을 테니.
아무튼 그 고비를 잘 넘긴 덕분에
지금 이 순간까지 담배는 입에도 대지 않는다.

두 번째는 이렇다.
30대 중반 5년을 청와대에서 근무했다.
힘들고 참 많이 바빴다.
일도 많이 했지만, 술도 많이 마셨다.
휴일에도 사무실에 나가는 일이 많았다.
그 와중에 결혼도 하고 아이도 생겼다.
삶의 패턴은 크게 변하지 않았는데
그 무게는 훨씬 무거워졌다.

청와대 근무 이후, 일로도, 가정사로도 많이 힘들었다.
그때 스스로 결심한 것이 있다.

무슨 일이 있어도 주말에는

아들과 함께 노는 시간을 갖겠다는 것이다.

부득이 회사 일이 있다면

회사에 데리고 가서라도 함께 있기로 마음먹었다.

아들을 위해서이기도 했지만, 나를 위해서이기도 했다.

아들이 커 가는 시간을 함께하지 못하면

그 시간은 다시 올 수 없기 때문이다.

그로 인한 불이익이 있을 수도 있다.

예를 들면, 승진 누락, 일을 안 한다는 비판,

최악의 경우 이 분야에서의 퇴출 등.

그렇더라도 감수하겠다고 생각했다.

지금까지 해외 출장을 빼고,

이 다짐을 지켜오고 있다.

인생은 결국 자신의 선택이다.

그 선택에는 책임이 따른다.

때로는 가벼운 책임이,

때로는 견디기 힘들 만큼

무거운 책임이 따르기도 한다.

힘들고 무섭다고 선택을 포기하고,

남 탓, 상황 탓만 하는 것은 자기를 포기하는 일이다.

선택에는 용기가 필요하다.

세상의 모든 당당한 선택을 응원한다.

영어무능자의 무작정 도전기
#

영어가 늘 콤플렉스였다.

학창 시절부터 그랬다.

고입 연합고사에서 20점 만점에 12점,

대입 학력고사에서 60점 만점에 30점 안팎이었다.

한마디로 반타작 수준이었다.

특별히 영어를 등한시한 것은 아니었다.

이른 새벽에 학원도 다니고,

방학이면 어학원 단기코스도 끊었다.

그래도 영어 실력은 크게 늘지 않았다.

토플과 토익시험은 엄두도 못 냈다.

시험을 치지 않았으니 지금까지 공인 점수도 없다.

이상하게 들릴지는 모르겠지만,

이런 콤플렉스 때문에 오히려 '살아 있는 영어'를

배울 수 있는 기회가 생겼다.

대학 시절 유럽 친구들과 밴을 타고

미국 대륙을 횡단하는 여행 프로그램에

도전한 것도 부족한 영어 실력 때문이었다.

되지도 않는 영어와 보디랭귀지로

한 달 이상을 버티기란 쉽지 않은 일이었다.

그래도 한번 해보자 싶었고, 무사히 다녀왔다.

아태평화재단에 있을 때

영어 에디터로 있었던 친구와 친해지려 했다.

맛집이나 재미있는 곳을 소개시켜 주고

함께 정치, 경제, 사회에 대해 이야기도 주고받았다.

김대중 대통령께서 설립한 재단이다 보니

외국 재단과의 교류도 있었는데,

2000년에 독일에서 영어로 진행되는

두 번의 세미나에 초청되었다.

CAP재단의 'Decision makers in 2010' 세미나와

나우만 재단의 민주리더십 프로그램이었다.

영어 실력만으로는 당연히 고사해야 했지만,

무작정 도전해 보기로 했다.

'설마 죽이기야 하겠느냐'는 마음이 먼저였고,

영어 실력 늘리기에는 그만한 기회가 없다는 생각에서였다.

실제로 영어 실력이 늘어나지는 않았다.

그러나 같은 영어라도 나라마다

전혀 다르게 쓴다는 것을 알게 되었다.

영어 회의의 매너와 함께

국제적으로 토의하는 문화도 배우게 되었다.

시간 날 때마다 CNN을 보고,

영어 라디오 프로그램도 들었다.

언어는 결국 커뮤니케이션의 도구일 뿐이다.

많이 만나고 접하고 대화할수록

죽어 있는 '시험 영어'가 아닌

살아 있는 '현실 영어'를 배울 수 있다.

두려워 말라. 너무 주저하지도 말라.

사람과 사람으로 만나고 대화하고 도전하라.

외국어는 적극적으로 들이대는 게 최고다.

아홉수의 역설
#

친구 아버님이 돌아가셨다.
암이 갑자기 악화되셨다고 한다.
아버님 가시는 길에 고개 숙여 인사드리고,
친구의 아픈 마음을 위로했다.

요즘 친구는 힘든 일이 많다.
사업도 어려워지고, 아이도 속을 썩이는 듯했다.
이제 친구의 나이 마흔아홉.
'아홉수라 그런가?'
조문을 받는 친구의 모습이 쓸쓸해 보였다.

나도 서른아홉 아홉수 때
참 많이 울었다.
갑작스러운 어머니와의 사별,
노무현, 김대중 대통령님의 서거에 이어
지도 교수님까지 같은 해에 돌아가셨다.

아홉수를 한탄하면서도,

아홉수라는 핑계가 있어 다행이다 싶기도 했다.

아무런 이유 없는 불행이라면 더 견디기 힘들 테니 말이다.

마치 액받이 무당처럼

아홉수는 내 '불행 인형'이 되었다.

이 아홉수만 넘기면

내게 새로운 행운이 찾아올 것이라는

희망 주문을 외우곤 했다.

그러니 아홉수는 어쩌면 나를

더 큰 우울감과 불행감으로부터 위로하고 보호해 준

좋은 친구가 아니었을까 하는 생각마저 든다.

10의 1할만 힘들면

나머지 9할은 행복하리라는

희망주문일 수도 있겠다는 것이

'아홉수의 역설'인 것 같다.

아홉수가 꼭 9라는 숫자를

의미하지는 않을 것이다.

오늘을 살아가는 우리 모두

언제나 행복하기를 바라지만,

그것이 참 힘들다.

그렇다면 딱 아홉수 동안만

힘들기를 바라 본다.

90%의 행복한 삶의 기억으로

10%의 힘든 삶을

부디 이겨 낼 수 있기를….

기억은 조작된다
# #

"이 친구들 기억나니?"

고3 때 같은 반이었던 친구가

사진 몇 장을 핸드폰으로 보내며 물었다.

"잘 모르겠는데…, 누구니?"

"3학년 3반 친구들. 너 보고 싶다더라."

"나를?"

다시 보아도 낯선 얼굴들이다.

벌써 고등학교를 졸업한 지 30년이 되었다.

그 시절 우리의 모든 관심은 오로지 대학 입학이었다.

친구들 얼굴 한 번 더 보는 것보다

문제지 한 번 더 보는 것이 미덕이었다.

새벽 보충학습과 야간 자율학습은 물론,

점심시간에도 대입 문제지를 풀어야 했다.

시도 때도 없는 시험에 스트레스 받고,

점수 한 점 한 점에 희비가 엇갈렸다.

초등학교, 중학교 동창들 얼굴은 기억해도

고등학교, 특히 3학년 친구들의 얼굴은

잘 떠올리지 못하는 이유이기도 했다.

3학년 3반이란 이름의 단톡방에 초대됐다.

낯선 이름과 조금씩 기억나는 이름들이

말을 걸어오기 시작했다.

"오랜만이다!" "정말 반갑다!" "어떻게 지냈니?"

자연스럽게 말을 놓고 있지만, 내용은 정중하다.

졸업 앨범 사진들이 조금씩 선명해진다.

잊혀졌던 얼굴들이 기억 위로 떠오른다.

이름이 얼굴이 되고 목소리가 되어

고3 때의 추억을 소환한다.

"학교 다닐 때도 훈이는 목소리도 좋고

귀에 쏙쏙 잘 들리게 전달력도 좋고

말도 잘하는 달변이었는데…."

한 친구가 나에 대해 말했다.

내가 느끼던 나와 다르다.

"나는 그때 완전 얌전한 샤이 보이였는데…?"

"네가 샤이보이라고? 말이 되는 소리를 해라."

이렇게 기억은 조작되는가 보다.

내가 아는 그때의 내가 맞는지,

친구가 알던 그때의 내가 맞는지는 중요하지 않다.

책상에 고개를 처박고

내 앞길만 생각한 고3 시절의 나를

봐주고 기억해 주는 친구들이 있다.

졸업 이후 다시는 떠올리고 싶지 않았었는데.

의식적으로 또 무의식적으로 지워 버리고 싶었는데.

블랙홀과 같았던 그때에도 진한 우정과 추억이 있었다.

하루에 낮과 밤이 있듯이

인생에도 좋은 때와 나쁜 때가 있다.

피한다고, 잊는다고 될 일이 아니다.

삶은 그 모든 것을 있는 그대로 인정할 때

비로소 온전해지는 법이다.

새로운 도전, 새로운 인생
# #

"난 네가 참 부럽다."

술을 마시다가 친구가 툭 던지듯 말했다.

중학교 동창으로 벌써 35년이 넘은 친구다.

"부럽기는…. 술이나 마셔."

친구의 빈 소주잔을 채워 주었다.

친구는 정말 성실했지만

성적은 늘 그의 편이 아니었다.

그래도 언제나 밝고 씩씩했다.

배려심 많고 주변을 잘 챙겼다.

친구들의 짓궂은 장난에도

항상 넉넉한 웃음으로 응대해 주었다.

자신은 대학에 떨어졌으면서도

내 합격 소식을 가장 먼저 듣고 기뻐해 주었다.

"어차피 대학 갈 성적은 아니고,

전산원 같은 곳에 가서 전산쟁이가 될 거야."

당시만 해도 PC(Personal Computer)가 대중화 되기 전일 때라 그의 선택에 갸웃했다.

"재수해서 전자공학과를 들어가지."

내 식상한 충고에 친구는 고개를 가로저었다.

그리고 2년제 전산원에 들어갔다.

내가 대학 2년을 마치고 군대에 있을 때

그는 어엿한 사회인이 되어 돈을 벌었고,

뒤늦게 사회로 뛰어든 다른 친구들의

든든한 길잡이가 되어 주었다.

그런 친구가 몇 년 전 명예퇴직을 했다.

상심이 컸을 친구는 그래도 꿋꿋했다.

새로운 사업을 시작했고,

공인중개사 시험에도 도전했다.

드론 자격증도 따겠다고 했다.

"나 공인중개사 자격증 땄다."

친구의 문자를 받고 축하 자리를 가졌다.

"나야말로 너처럼 살고 싶었어.

무엇에든 도전하고 개척하는 삶 말이야."

나도 술김에 내 마음을 털어놨다.

친구는 내 빈 술잔을 말없이 채워 주었다.

그리고 씩 웃었다.

청년이든 장년이든 중년이든 노년이든

세상의 모든 새로운 도전은 아름답고 위대하다.

감정의 다목적 댐
#

징검다리 연휴에 아들은 신이 났는데,
내 머릿속은
휴일 다음을 걱정하고 있다.

어른이 되면서
마음에서 출발한 감정이
몸 밖으로 나가는 출구가 닫히게 된다.

상황을 살펴야 하고, 상대를 살펴야 하고,
예의와 범절, 염치라는 것을 따져야 하기 때문이다.

기쁜 일이 생기면 맘 놓고 웃기보다
혹시 생길 수 있는 걱정거리로 중화하고,
슬픈 일이 생기면 목 놓아 울기보다
좋은 일이 있을 거란 희망으로 꾹 참는다.

그것이 어른스러움이라고
착각하면서 말이다.

그러나 아직 오지 않은 상황들 때문에
감정의 다목적 댐을 만들지는 말자.

물이 흘러야 하듯이
감정도 흘러야 한다.

숫자가 지배하는 세상
#

숫자는 객관적이고, 평등하게 보인다.
과연 그럴까?

태어나서 이름보다 먼저 받는 것이
신생아실 번호와 주민등록번호 앞자리다.
자라면서 수많은 숫자로
타인과 구분되고 비교당한다.
그 숫자들은 나를 행복하게 했을까?
정말 나를 나답게 만들었을까?

숫자는 지배자의 언어이다.
관리를 위한 효율의 표식이다.
양으로 표현되어야 할 때,
비교하고 우열을 가려야 할 때,
어떤 기준을 만들어
거기에 포함시키거나 배제시킬 때
숫자는 여지없이 힘을 발휘한다.

사실 개개인의 정체성과 숫자는

그리 의미 있는 관계가 아니다.

나는 나로 불려야 하고,

세상의 둘도 아닌

한 사람으로 살아가야 한다.

"나는 너를 너무너무 사랑해"를

"나는 너를 90% 이상 사랑해"라고

표현하면 어떤 느낌이 드는가?

숫자는 그저 숫자일 뿐이다.

어떠한 종류의 평가 점수이든 그 숫자가

자신의 정체성이 될 수 없음을 잊지 말았으면 한다.

앞으로 살면서 숫자로 표현이 안 되는

더 소중하고 가치 있는 일들이 훨씬 많다.

스스로를 비교의 늪에 빠뜨리지 말고

경쟁의 검투사로 살지 않는 것이 중요하다.

이미 그 세계 속에서 허우적대 봤던

한 몽상가의 경험에서 나온 반성이자 바람이라 할 수 있다.

내가 나로 살아가는 행복한 삶을

누구나 이어가길 바란다.

지갑 분실 사고
#

지갑을 잃어버렸다.

벌써 두 번째다.

사고는 대체로

정신이 없을 때 벌어진다.

첫 번째 분실은 횡단보도 앞에서였다.

파란불이 깜박일 때

길을 건너려고 뛰다가 흘린 것 같다.

그다지 급한 일도 없었는데

점멸등의 재촉을 거부하지 못했다.

사고의 전조는 이미 있긴 했다.

가벼운 외투를 걸치고 나갔는데

주머니가 얕음을 무시하고

지갑을 넣은 것이다.

뛰면 자주 흘리던 것을

미리 생각하지 못했다.

두 번째 분실은 바지 때문이었다.

저녁식사 겸 술자리를 하다가

서빙하는 분에게 팁이라도 드릴까 해서

지갑을 뒤졌는데 현금이 없었다.

밖에 나가 돈을 찾으려 했더니

신용카드뿐이었다.

그냥 들어와 지갑을 바지에 넣고 다시 앉았다.

몇 시간을 그리 보내고 일어났는데

그때 바지에서 빠지지 않았을까 싶다.

지갑 분실을 인지한 것은

집에 거의 도착한 밤 11시쯤이었다.

식당은 모두 마감을 했을 테고,

지하철에서 잃어버렸을 가능성도 있었다.

카드 분실신고를 해야 하나?

일단 아침까지 기다려야 하나?

고민하다 그냥 잠이 들고 말았다.

사고는 백 가지 전조현상 이후 생긴다고 한다.

그러니 후회한들 소용없다.
부실하게 관리한 내 탓이다.
재수 없었다고만 생각하면
3차 분실사고는 또 일어날 것이다.

개인의 일이야 개인의 손해로 끝나지만,
공공의 일은 그 피해가 다수에 미치게 된다.
빅데이터나 예방적 상황 점검을
철저히 해야 하는 이유가 여기에 있다.

가장 경계해야 할 것은 방심이다.
방심은 '설마'에서 시작한다.
'설마'라는 작은 균열에 대한 방치가 쌓이면
큰 붕괴로 이어진다.

다음 날, 분실신고를 하느라 정신이 없었다.
불행 중 다행은 카드지갑이라
신용카드와 명함, 보안카드밖에 없었다는 것.
선물 받은 지갑이었다는 점만 빼고.
지나간 것은 지나간 대로 의미가 있을 것이다.

선한 기부
#

"아빠, 돈 좀 주세요."
"왜?"
"저기에 넣으려고요."
아들이 가리킨 곳은 한 단체의 자선함이었다.

"지폐가 없는데…."
"동전은요?"
"동전 넣기는 좀 그렇지 않니?"
"왜요? 다 같은 돈인데."

언제부터인가 자선함에
기부를 잘 안하게 됐다.
거리에서나 지하철에서
구걸하는 행려자들을 외면하곤 했다.

'그 사람들 하나하나 다 도와줄 수는 없어.'
'가난은 나라도 구제하지 못한다잖아.'
'조금 주고 싶은데 잔돈이 없네.'

갖가지 이유를 대며 지나쳐 버린다.

동전은 또 어떤가.
현금 쓰고 동전이 생기면
책상 위 동전함에 넣는다.
그렇게 쌓인 동전이 꽤 된다.
그런데 그걸로 끝이다.

길을 가다 편하게 동전으로도 기부할 수 있는데,
자선에도 체면을 생각하는 나를 돌아본다.

기부는 마음으로 즉각 실천하는 것이지,
체면으로 주저하는 것이 아니라는 걸 깨닫는다.
동전에 마음을 담으면
그것이 가장 선한 기부이다.

잘 바뀌지 않는 게 습관이다
# #

건강검진 결과표를 받았다.

신호등으로 치면 노란불이다.

빡빡한 연말 연초 스케줄을 본다.

노란불에 교차로를 질주하여

좌회전을 성공시키려는 다마스 트럭 같다.

옆으로 자빠지거나, 추돌 사고를 내거나,

교통경찰에게 걸리기 십상이다.

무사통과 했다 해도 좋아할 일이 아니다.

노란불 교차로는 또 만날 것이다.

나는 사람 만나는 것을 좋아한다.

그 만남은 늘 술자리로 이어진다.

술자리가 길어지면, 수면 시간은 짧아진다.

운동량이 줄어들고 피로와 뱃살은 늘어간다.

학창시절 안 좋은 성적표를 받고

반짝 도서관을 드나들었던 것처럼 헬스클럽에 등록한다.

하지만 몇 번 안 가고 금세 원래의 삶으로 돌아온다.

걱정만 늘고 실천은 없다.

얼마 안 가 후회가 밀려온다.

꼭 몸 건강 지키는 일만 그러하겠는가?

마음 건강도 마찬가지이다.

쉽게 바뀌지 않는 게 인생이다.

각종 처세서는 습관을 바꾸라 한다.

잘 바뀌지 않으니까 습관인데 말이다.

후배가 사라진다
#

"후배가 안 들어와요."

고등학교 동문회를 갔더니
이미 졸업한 후배들만 나와 있다.
재학생은 고작 한두 명뿐.
이유를 물었더니 돌아온 대답이었다.

내 대학 입학 동문은 13명이다.
이후 재수, 삼수로 들어온 친구까지 합치면
우리 기수는 20명 가까이 된다.
그다음부터는 외고, 과학고, 자사고까지 생기면서
후배들이 확 줄었다.

이제는 몇 기수 걸러 한 명씩
신입생을 맞는다고 한다.
그러니 신입생 환영회도
졸업한 선배들이 챙겨줄 수밖에 없다.
일반고 고교 동문회에도

저출산 고령화 문제가 심각해진 것이다.

조폭 같은 표정을 한 선배들이 서열대로 앉아 있고
신입생이 안주 하나 더 먹었다고 단체기합을 받던
30년 전 신입생 환영회는 이제 찾아보기 어렵다.

고깃집에 옹기종기 모여
귀하디귀한 재학생 후배들을
어르고 챙겨야 하는 시대다.

후배가 사라진다고 생각하니
마음이 쓸쓸해졌다.
선배로서 참 무신경했구나 하는
미안함도 들었다.

시간대는 다르지만, 3년의 고교 시절과
4년의 대학 생활을 한 공간에서 지낸 인연은
앞으로도 소중하게 이어질 것이다.

"세상은 변한다. 언젠가 또 후배들이 왕창 들어올지 몰라.
항상 변방에서 새로운 기회가 생기니까. 힘내자!"

내 말에 귀 기울여 주는 후배들과

밤 깊도록 소주잔을 기울인다.

내면 아이
# #

지하철에서 큰 소리로 통화를 하면서

은근히 자신의 재력을

과시하는 아저씨들이 있다.

지하철에서는 꼴불견이지만

아저씨들도 그럴 만한 이유가 있다고 한다면

'가재는 게 편'이라는 말을 듣게 될까?

나이가 들어가면서 자존감이 떨어진다.

세상 경쟁 속에서 뒤처지지 않을까 하는 두려움도 있다.

누군가의 관심을 받고 싶어 하는 외로움,

아버지로, 남편으로 가족을 지켜야 하는 중압감도 심해진다.

이런 마음의 반작용으로 나타난 것이라면?

누구나 마음속에는 또 하나의

'내면 아이'가 있다.

나의 겉모습은 성장하지만

나의 '내면 아이'는 자라지 않는다.

'내면 아이'는 감정적이고 유치하고

외롭고 충동적이고 자기 과시적이다.

그 '내면 아이'를 잘 다스려야

인격적으로 성숙하다는 평을 받는다.

하지만 그 '내면 아이'는 또 다른 나이기도 하다.

있는 그대로를 받아들일 필요가 있다.

나도 어느덧 나이 지긋한 아저씨가 되었다.

꼰대란 말을 싫어하지만 꼰대가 되었고,

아재로서 웃기고 싶지 않지만 아재개그를 한다.

젊은이들이 노는 곳에 가서 물을 흐리고,

눈치 없는 부지런함으로 주변을 불편하게도 한다.

혼자 드라마를 보다가 별 것 아닌 장면에서도

눈물이 나와 울다가 어이없어 웃기도 한다.

직급이 올라갈수록 무엇이든 다 조심해야 하고,

직급이 올라가지 못하면 퇴출을 조심해야 한다.

이러지도 저러지도 못하는 상황에서

내면 아이가 튀어나와도 이해해 주기를….

세배와 세대
#

매년 새해가 되면 김대중 대통령님께
세배를 드리던 때가 있었다.
할머니와 부모님께 먼저 세배를 올리고,
직장으로 가서 함께 모여 청와대로 향했다.

20대 후반에 처음 들어가 본
청와대 관저는 신기하기만 했다.
잘 닦여진 반짝반짝한 가구며,
희고 깨끗한 소파는 나를 주눅 들게 했다.
식탁 위에 놓인 모든 식기에는
청와대 문양이 새겨져 있었다.
냅킨 몇 장과 식사 메뉴 안내장을
기념으로 주머니에 넣어 온 기억이 난다.

한복을 곱게 차려입으신
김대중 대통령님과 이희호 여사님께
절을 올리면 맛있는 떡국을 대접해 주셨다.

대통령님께 세배를 드리기 전 시절에는
지도교수님께 인사를 드리러 갔었다.
선생님께 지도를 받은 교수와 학생들이
단체로 세배를 드리면,
올갱이 떡국을 대접해 주시곤 했다.

요즘 시대를 이끌어 주는 큰 어른들이 보이지 않는다.
평생 살아오신 삶이,
평소 주장하시는 언행이
곧 가르침이 되는 그런 분들이 드물다.

이제 절을 드려야 하는 횟수는 줄고
절을 받아야 하는 횟수가 늘어간다.

덕담을 받는 것보다
덕담을 해 줘야 하는 상황이
더 많아지는 나이가 되었다.

어떤 어른으로 나이 들어가고 있는지
새삼 돌아보게 된다.

생각해 보면 청년이 아니었던

중년과 노년은 없다.

그들의 청년 시절은

오늘의 청년 시절에 비해 가볍기만 했을까?

내 할아버지의 청년 시절은

일제 강점기의 고통을 이겨 내야 했다.

내 부모님의 청년 시절은

전쟁과 가난을 극복해야 했다.

내 또래의 청년 시절은

독재는 물론 국경을 넘어 세계와 싸워야 했다.

오늘날 청년들이 아프게 살아가고 있지만,

지난날 청년들도 역시 아프고 힘들었다.

그렇게 어른이 되어 가고

그렇게 세상을 앞서 살았다.

청년과 아재가 서로 존중하고,

젊음과 늙음이 소통할 수 있었으면 좋겠다.

권위를 따지는 시대가 아니라

친구처럼 서로 마음을 여는 시대가

만들어졌으면 좋겠다.

인생도 수채화처럼
#

"역사는 수채화 같아요."
언젠가 기자와의 대화에서 던진 말이다.

사실 나는 미술에는 문외한이다.
학창 시절 미술 성적은 늘 아름다울 '미'였다.
초등학교 때 운동장에서 나무를 그릴 때면
잎은 초록색, 줄기와 가지는 고동색이었다.

하지만 그림은 그렇게 단순하지 않다.
그리는 대상이 단순하지 않기 때문이다.
나뭇잎의 색깔도 같은 초록 같지만 다 다르다.
빛을 받는 각도에 따라 달라진다.

그림 잘 그리는 친구의 그림을 보았다.
경계도 크게 없고, 색감도 다양하다.
덧칠을 통해 각양각색의 색감과 질감을 표현한다.

세상에 뚜렷한 원색이 존재할까?

새로운 색은 색과 색의 혼합으로 만들어진다.

그 색이 다양할수록

우리가 보는 세상이 제대로 표현된다.

"역사를 그려 나갈 때 어떻게 해야 할까?"

기자와의 대화는 여기서 시작되었다.

우리가 살아가는 현재의 세상과,

과거와 미래로 이어지는 역사에는

뚜렷한 경계란 없어 보인다.

경계를 뚜렷이 구분할수록

더 비현실이 될 뿐이다.

역사는 밑그림이 드러나는 수채화 같다고 생각한다.

밑그림을 안 보이게 하려고

더 강렬한 원색을 덧칠할 때

원래의 대상을 제대로 표현하지 못하게 된다.

천천히 밑그림이 마를 때까지 기다리고,

그 위에 새로운 색을 덧입혀서

이전과는 다른 새로운 그림을 만들어 가는 일.

그것이 좋은 역사 그리기가 아닐까?

인생도 마찬가지다.

과거의 나를 지울 수도

또 덧칠해서 안 보이게 할 수도 없다.

과거의 나는 나대로 인정하고,

새로운 나를 덧입혀 나가야 한다.

잘못 채색된 그림일지라도

보완하는 덧칠로 더 개성 있고 멋진 그림이

재탄생될 수 있다.

꼭 예쁘지 않아도 된다.

꼭 모두에게 좋은 평가를 받지 않아도 된다.

누구에게 보여도 투명하고

누구와의 삶과도 차별성 있는

개성 넘치는 자신만의 인생을 살아가면 된다.

그 인생이 이 세상 어느 곳에도 없는

최고의 명작이다.

사랑의 대물림
#

"내가 너한테는 미안하다."

어느 날 고모가 불쑥 사과를 하셨다.

"뭐가요?"

"너 대학 다닐 때 우리 애들 가르쳐 줬는데,

내가 돈도 많이 못 줬잖니."

고모 집에서 저녁을 같이 하다가

숨겨 온 비밀처럼 건넨 말씀이다.

가족이란 이런 것이다.

주고도 더 주지 못해서

늘 미안해하는 존재….

미안주머니, 걱정주머니,

사랑주머니를 마음속에 달고 산다.

사실 고모 덕에 대학 때 한 달 동안

미국 횡단 배낭여행을 다녀올 수 있었다.

그래도 목돈인데 과외 아르바이트비

몇 달치를 한 번에 선금으로 주신 것이다.

그런데도 내게 많이 못 줘서 미안하다니,

그 말을 듣는 내가 오히려 미안해졌다.

막내고모는 딸 셋,

늦둥이 아들 하나를 두셨다.

사촌 동생들은 내가 가르치지 않아도

이미 공부를 잘할 녀석들이었다.

나는 구체적인 공부보다는

원리나 철학을 더 많이 얘기해 주었다.

영화관도 데리고 가고, 연극도 보여 줬다.

이런저런 대학 생활 얘기도 들려주었다.

동생들은 의대, 경제과, 정외과를 들어갔고,

지금은 의사, 잡컨설턴트, 홍보 AE로

열심히 일하고 있다.

식사를 마치고 나오는데

막내고모가 아버지 주머니에 봉투를 넣는다.

막내고모는 결혼 전 우리와 함께 살았다.

무척 가난했던 시절이었다.

4남매 중 맏이였던 아버지는

막내고모에게 부모와 같은 존재였다.

방 두 개 월셋집에서

막내고모는 할머니, 세 남자 조카들과 함께 잤다.

막내고모가 시집갈 때 두 분은 참 많이 우셨다.

여든이 된 아버지의 주머니에

봉투를 넣어 주는

육순 막내고모의 모습에 왠지 울컥했다.

그렇게 엘리베이터를 타려는데

사촌동생이 불쑥 아버지께 봉투를 내민다.

거절할 틈도 없이 엘리베이터는 내려가고,

아버지의 눈시울이 뜨거워지셨다.

사랑 유전자도 대물림이 되나 보다.

오는 길에 아버지께 슬쩍 물었다.

"역시 딸이 좋지요?"

아버지는 그냥 웃으신다.

아들들만 두신 아버지께

괜히 미안해지는 저녁이었다.

게으른 내비게이션
# #

"경로를 이탈하였습니다."

내비게이션이 연신 경고한다.
길을 잘못 들었다는 것이다.

제주도에 갔을 때다.
숙소 체크아웃 후 시간이 좀 남아
해안도로를 따라 공항에 가려 했다.
해안도로라고 명시된 목적지는 없었다.
최단시간과 거리를 안내하는 관점에서
내가 가는 길은 계속 이탈된 잘못된 길이었다.
나는 그저 해변의 아름다움을 즐기며
길을 가고 싶었을 뿐이었는데….

내비게이션을 꺼 버렸다.
가끔 길을 잃긴 했지만,
제주의 사람과 마을을 제대로 볼 수 있었다.
물론 아름다운 해변도 보았다.

종종 산에 오른다.

등산길 입구에 입간판 지도가 있다.

빨리 정상에 오르기 위해 지름길을 택한다.

길은 험하고 가파르다.

하늘도, 나무도, 꽃도, 풀도, 주변도 보지 못한 채

그저 땅과 길만 보면서 오른다.

숨은 차오르고 몸은 힘들기만 하다.

그렇게 힘겹게 정상을 올라 느끼는 희열도 잠시뿐,

이내 곧 내려갈 생각에 마음이 바쁘다.

이는 짧고 빠른 길만을 알려주는

내비게이션의 역설이자,

지름길의 역설이기도 하다.

그리고 성장 중심, 효율성 추구를

중시하는 시대의 역설이기도 하다.

나는 누군가에게 과정을 즐기기보다

목표를 이루는 것이 중요하다고 경고하는

내비게이션이 아니었을까 돌이켜본다.

"잘 가고 있어", "주변도 살피면서 쉬엄쉬엄 가라",

"보고 즐기고 행복하게 가라"고 얘기해 주는
게으른 내비게이션이기를 바란다.

인생에 지름길이란 없다.
내가 선택하는 길이 곧 삶이다.

봄을 기다리는 마음
#

한 겨울 깊은 땅속
봄을 기다리는 씨앗이 웅크리고 있다.

춥다 화내지 않고
답답하다 짜증내지 않는다.

따스한 봄볕 비쳐지는 어느 날
산기슭 쌓인 눈이 시냇물 되어 흐르는 날

누군가 굳이 깨우지 않아도
힘껏 기지개를 펴고 솟아오르리라.

***

순간적으로 떠올라 쓴 글이다.
글을 쓰고 나니 기분이 좋아진다.

삶이 팍팍하고 메말라질 때가 있다.

그때면 뭔가를 끄적거리게 된다.

마음 저 아래 숨어 있는 것을

가만히 가서 살피고 어루만진다.

그러면 그 마음이 말을 한다.

조용히 듣고 글로 옮긴다.

마음이 하는 말을 들으면

새로운 힘이 솟아나곤 한다.

그 이유 없는 짜증, 솔직한 투정이

이젠 잘하자는 격려로 들린다.

이젠 잘하자.

꼭 잘 된 결과가 아니더라도 잘해 보자.

그렇게 삶은 흐르고,

그렇게 나는 내가 될 것이다.

인생의 알람

#

새벽 5시 35분에 눈이 떠졌다.

평일 알람은 6시에 맞춰져 있다.

알람(alarm)을 사전에서 찾으니

'경고, 신호'라고 나와 있다.

'불안, 공포'라는 뜻도 있다.

매일 새벽 알람과 달리기 경주를 한다.

알람보다 빨리 달리면 피곤하다.

알람에 따라 일어나면 느긋하다.

알람은 그저 신호일 뿐이다.

알람을 듣지 못하고 늦었다면

말 그대로 경고이자, 불안과 공포가 된다.

사실 지나고 나면 별 일 아닌 것도 있다.

알람이 주는 경각효과이다.

어릴 때는 어머니가 알람이었다.

일찍 깨워도, 늦게 깨워도

때로는 딱 맞춰 깨워도 늘 짜증을 냈다.

지금 생각해 보면 왜 그랬을까 싶다.

결혼을 하니 아내가 알람이 된다.

신혼이라면 깨소금 알람을 경험할 수 있다.

시간이 지나면 또 상황이 달라진다.

아이들이 생기면 그들이 알람이 된다.

아기일 땐 시도 때도 없이 울어댄다.

조금 커서는 주말이면 울리는 알람이 된다.

누구나 나이가 들고 노인이 된다.

그때는 장성한 자식들이 알람이다.

노년의 시간은 한가롭다.

알람도 게을러진다.

인생의 알람과도 달리기를 한다.

때로는 앞서고 때로는 뒤처진다.

내가 맞춰 놓은 알람이지만

때론 그 알람에 맞춰 사는 것이 힘들어진다.

순간적으로 알람을 꺼 버리기도 하지만

또 어느새 다시 알람을 맞추는 나를 본다.

그러니 알람을 평생 들어야 할

운명의 노래쯤으로 생각하는 게 속 편하다.

강제종료
#

컴퓨터를 끌 때마다
자꾸 눈이 끌리는 용어가 있다.
'강제종료.'

삶이란 대부분
강제종료 되기 마련이다.
너무 많은 창을 열어 두고
살지 말아야겠다는 생각에 이른다.
다른 생각도 든다.
완료되지 않았다는 것은
살아가고 있다는 확실한 증거라는 것….

예전에 산행 모임을 하나 만들었는데
이름을 '중턱 모임'이라고 지었다.
굳이 정상까지 가겠다고
악착을 떨지 말자는 취지였다.

무리하지 않고 산을 즐기고

내려오자는 뜻에

동감해 주는 이들의 모임이었다.

그 당시에는 합리화였는데,

지금은 꼭 필요한 자기 절제인 듯싶다.

정상이든 중턱이든 산의 일부이고,

성공이든 실패이든 삶의 일부이다.

사생결단 승부로 살지 말자.

즐기는 게임으로 살자.

죽을 때까지 배워라
# #

홍보는 참 어렵다.
하면 할수록 더 그렇다.

기술이 진화할수록 미디어도 변화하고,
미디어가 바뀌면 홍보 방식도 달라진다.
그 속도를 따라가려면
새로운 것을 배워야 한다.

사는 것도 배움의 연속이다.
알게 모르게 우리는 배우고 진화한다.

따라가기 힘들다고
포기할 일이 아니다.
늦었다고 서두를 일도 아니다.
배움은 그저 일상이고,
사람은 본능적으로 학습하는 존재이다.

갓 태어난 아이들은

학습 속도가 빠르다.

아이에게 세상은 온통 원더랜드이다.

왕성한 학습욕으로 세상을 배워 간다.

미디어와 4차 산업혁명 신기술 등은

그런 아이의 자세로 배워 가야 한다.

노인에게 세상은 삶의 이치를 깨닫는

오래되고 익숙한 교실과 같다.

완숙함 속에 그 지혜의 깊이를

하나하나 천천히 더해 간다.

인문학은 그런 노인의 자세로 배워 가야 한다.

죽을 때까지 배워야 하는 것이

사람의 피할 수 없는 운명이라면

즐기자!

불확실성 관리와 미래 예측
#

아침마다 약을 먹는다.
통풍약과 혈압약이다.
밥은 안 먹어도 약은 꼬박꼬박 챙긴다.

병을 안 지는 꽤 됐지만
꾸준히 약을 먹은 지는 얼마 안 됐다.
한 번 복용하면 평생 먹어야 한다는
통념 때문이었다.
다시 좋아질 수도 있는데 하는
막연한 기대감 때문이기도 했다.

통풍과 고혈압은
꾸준히 관리해 주어야 한다.

꼭 사람의 몸뿐일까?
국가도, 기업도, 조직도
예상가능함 속에서 관리되어야 한다.

국가 경제나 기업 경영에 있어서
불확실성보다 더 나쁜 것은 없다.
순간순간 큰 악재는 생겨날 수 있다.
그러나 관리 가능한 악재와 그렇지 않은
불확실성 악재는 차원이 다르다.

불확실성 관리는 큰 숙제가 아닐 수 없다.
돌발 변수를 미리 감지하고 신속 대응하고
이미 일어난 부작용을 최소화하는 일이
시스템적으로 관리되어야 한다.
상황점검과 위기관리가
일상화 되고 체계화 되어야 하는 이유이다.

그러나 무엇보다도
인생의 미래를 계획하는 것이 가장 힘들다.
예측할 수 없는 것을 예측해야 하기에….

다행히 지하철에 몸을 실을 때만큼은
예측 가능한 확실성으로
마음이 편해진다.
계획한 시간에 목적지에 도착할 수 있기에….

슈퍼 히어로의 시대
#

아들은 영웅 이야기를 좋아한다.
요즘은 마블의 어벤져스 시리즈와
DC의 슈퍼맨과 원더우먼 시리즈를 손꼽아 기다린다.
스타워즈와 삼국지 캐릭터에도 관심이 많다.

이러한 관심은 아마도
아이가 즐겨 하는 게임과 무관하지 않을 것이다.
이야기는 책이 되고, 책은 드라마나 영화가 된다.
이어서 게임으로 발전하고, 새로운 문화 산업이 된다.
이것이 스토리와 콘텐츠의 힘이다.

이야기 속 다양한 캐릭터들은
각자의 인생 스토리를 가지고 있다.
그 삶의 역정을 통해 영웅으로 성장한다.

과거에는 대표적 영웅 한두 명에 집중했다면
이제는 등장하는 모든 캐릭터가
영웅으로서의 이야기를 가진다.

과거와 미래를 넘나들며 다양한 상상의 나래를 펼친다.

심지어는 악당(빌런, villain) 캐릭터가 영웅화 되기도 한다.

이를 통해 스토리는 다양하게 재창조된다.

결국 상상력의 힘이다.

20세기 초반에 만들어진 만화 캐릭터들이

21세기 오늘의 영화관을 지배하고 있다.

1970년대에 만들어진 스타워즈 시리즈는

세기를 넘어 지금도 다양한 방식으로 이어지고 있다.

기원 전 이야기인 삼국지의 다양한 캐릭터들도

영화화 되고 게임의 영웅으로 재탄생해 오늘을 살아간다.

그렇다면 대한민국을 대표하는

스토리와 캐릭터는 무엇이 있을까?

이 생각만 하면 가슴속이 답답해진다.

인문학의 재조명이 필요하다.

문학, 역사, 철학을 뒤떨어진 학문으로 인식할 때

스토리와 콘텐츠 경쟁 시대에서도 뒤처질 것이다.

시험을 치르기 위한 인문학이 아니라,

상상력의 날개로서의 인문학을 발전시켜야 한다.

예를 들어 홍길동전 속에 나오는

다양한 캐릭터와 인물들을 연구하고

개성을 입히고 스토리를 만들어 갈 수 있어야 한다.

그런데 원전도 안 읽고 어떻게 그런 일을 할 수 있겠는가.

상상력의 시계는 더욱 빨라지고 있다.

변화가 필요하다면 빨리 해야 한다.

이야기를 만들어 내는 힘이

미래 사회의 경쟁력이 되는 시대이다.

모든 상처는 아문다
# #

주말이면 아이와 목욕하러 가는 게 즐겁다.
나는 등을 맡기고, 아이는 때를 밀어 준다.
그다음에는 아이의 등을 내가 밀어 준다.

아이의 무릎을 닦다 보니 뭔가 낯선 느낌이 든다.
"넌 무릎에 상처가 없구나.
 아빠는 무릎에 상처를 달고 살았는데…."
"왜요?"

그러고 보니 참 많이 넘어지며 살았던 것 같다.
초등학교 가는 길은 1시간 거리였다.
조금만 늦게 일어나도 부지런히 뛰어야 했다.
그렇지 않더라도 형들의 보폭을
따라가기란 쉽지 않은 일이었다.
길은 울퉁불퉁 오르막 내리막이었고,
등에는 등보다 큰 책가방을 메고 있었다.
내리막을 달릴 때 중심을 자주 잃었고
넘어지면 매번 다치는 곳이 무릎이었다.

학교 운동장에서 축구를 할 때도 많이 다쳤다.

모래가 살짝 덮인 단단한 흙바닥 운동장에서

미끄러지고 치여서 넘어지기 일쑤였고

그때마다 무릎과 팔꿈치 등에 생채기가 났다.

양호실에 가면 발라 주던 약은 반창고와

과산화수소수, 옥도정기(요오드팅크) 빨간약이 전부였다.

솔솔 새살이 돋는 그런 약은 없었다.

거즈가 두툼히 붙어 있는 밴드도 없었다.

살아가면서 상처는 아물었지만

흉터는 내 몸의 살처럼 함께 자랐다.

어른이 되고 어느 때인가부터

무릎에 상처 날 일이 없어졌다.

뛸 일도 없어지고,

육체적으로 무리할 일도 없어진 것이다.

직장 체육대회나 아이 학교 운동회에서

무리해서 뛰지 않고서는 다칠 일이 그리 많지 않다.

아이가 다니는 학교는 아파트 단지 안에 있다.

아파트 단지 안에서 신나게 뛸 공간은 별로 없다.
학교 운동장은 작고 바닥이 우레탄으로 깔려 있다.
체육 시간도 일주일 중 그리 많지 않다.

아이가 넘어져 무릎을 다쳤을 때
아내는 정성스레 연고를 바르고
그 위에 두터운 거즈 밴드를 붙여 주었다.
그리고 아이를 살뜰히 챙기지 못한 자신을
자책하며 눈물을 뚝뚝 흘렸다.

"천천히! 조심히 가라! 뛰지 마라! 위험하다."
아이는 늘 이런 걱정의 말과 보호 속에서 살고 있다.
흉터 하나 없는 아이의 무릎은
바로 그 결과가 아닐까 싶다.
그런데 나는 아이의 뽀얗고 깨끗한 무릎이
왜 안쓰러워 보일까?

상처 없는 인생 없고,
흉터 없는 삶이 꼭 성공한 삶이라 할 수 없다.
그런데도 상처받지 않고, 흉터를 남기지 않기 위해
다들 애쓰며 사는 것 같다.

모든 상처는 아프다.

그러나 모든 상처는 아문다.

아문 상처가 흉터가 될 수 있다.

달리 보면, 흉터가 나만의 개성이 될 수도 있다.

눈에 보이는 상처뿐 아니라

마음속 상처도 있고,

추억 속 깊은 흉터도 있다.

상처도 인생이고, 흉터도 내 몸의 일부이다.

아파하고 부끄러워할 일이 아니다.

아들이 내 무릎에 있는

살짝 도드라져 오른 흉터를

작은 손으로 만져 본다.

그리고 이내 그 무릎에 머리를 누인다.

밀레니얼 세대의 초다양성
#

주말에 아들과 교보문고에 갔다.

바람도 쐬고, 지인의 강연회도 듣기 위해서였다.

그곳에서 만난 친한 후배가 아들에게

중학교 입학선물을 사 준다고 잠시 데려갔다.

"너 고르고 싶은 거 아무거나 골라."

아들이 무엇을 고를까 궁금했다.

잠시 뒤 아이의 손에는 중국산 충전기가 들려 있었다.

더 좋은 것 사라 해도 싫다고 했단다.

"난 이게 꼭 필요했어요. 필요도 없는 걸 왜 꼭 받아야 해요?"

아이의 선택은 가격보다는 필요였다.

그러고 보니 아빠 엄마에게도

특별한 졸업선물을 사 달라고 하지 않았다.

별로 필요한 것이 없다는 이유였다.

3년 쓴 핸드폰을 바꿔 줄까 했더니

굳이 그럴 필요가 없다고도 했다.

내가 초등학교 졸업할 때에는 시계를 선물로 받았다.

일본산 카시오 전자시계였는데, 아직도 그 감격을 잊지 못한다.

나이키나 프로스펙스 신발과 가방을 갖고 싶어 안달했고,

부자 친구들이 입는 브랜드 옷을 입고 싶어

며칠 동안 끈질기게 부모님을 조르기도 했다.

늘 무언가가 모자란 결핍의 시대였다.

빼앗기면 내 것이 없어지던 경쟁의 시대였다.

당장 필요하지 않아도

쌓아 놓고 준비해 두어야 안심이 됐다.

오늘 먹어야 내일 못 먹어도 견딜 수 있고,

오늘 못 먹으면 내일 반드시 먹어야 하는

생존의 시대를 견뎌야 했다.

그런 시대를 살아온 세대에게

밀레니얼 세대의 쿨함은 이해하기 어렵다.

내가 보는 밀레니얼 세대의 특징은

'초다양성'이다.

구분되지 않고 분류되기 어려운

유일 개체로서의 '절대 개성'들의 조합.

소유의 시대를 살아온 세대로서

공유를 이해하기란 쉽지 않다.

미래를 위한 축적을 해오던 세대에게

오늘을 즐겁게 살자는 문화는 낯설기만 하다.

치열한 경쟁만이 생존전략이던 세대에게

자신만의 개성 존중이 더 중요하다는

인생관은 가벼워 보인다.

그러나 뒤집어 생각하면

아이에게 어른들은 이미 흘러간 앞 물인지 모른다.

우리 아이들이 살아가는 세상은

공유와 소확행의 열린 시대이다.

부지런함만으로 성공할 수 있는

3S(Speed, Standard, Simple) 시대가 아니다.

새로운 가치를 창조해 내야 하는

3C(Creativity, Change, Complexity) 시대이다.

모든 세대는 그 세대만의 시대적 소명이 있다.

그리고 세대 간의 공감은 다름의 인정에서 시작된다.

너무 무리는 하지 마라
#

"힘든데 너무 무리는 하지 마라."

어머니가 돌아가시기 전 남기신 마지막 말씀이다.
임종을 지키지 못했으니 유언이라고 할 수 없는 한마디.

계단에서 넘어져 입은 골절상으로
어머니는 동네 작은 병원에 입원하셨다.
어머니는 초기 치매 증상의 할머니를 모시고 살았다.
집에서는 편히 누워 있을 수도 없으셨다.

봉하마을에 내려갔다 오는 날이었다.
너무 늦어 내일 찾아뵙겠다 전화드렸다.
"나는 괜찮다. 병원이라 편하네."
"내일 아침 일찍 갈게요. 편히 주무세요."

평소보다 일찍 잠이 들었다.
한밤중에 핸드폰 벨소리가 무섭게 울렸다.
형님이 발신자로 떴다.

반 정신 나간 목소리로 울먹이며 말했다.

"어머니…돌아가셨다."

꿈을 꾸고 있나 싶었다.
멍해지는 정신과는 다르게
주위는 너무나도 차갑고 또렷한 현실이었다.
병원의 응급조치가 미흡했고
앰뷸런스마저 길을 못 찾아 늦었다고 한다.

어떻게 병원에 갔고,
어떻게 상을 치렀는지 모르겠다.
탈진 상태로 보내는 하루 어느 시간에
어머니의 마지막 말씀이 다시 들렸다.
"힘든데 너무 무리는 하지 마라."

많이 울었고, 다시 힘을 내기로 했다.
어머니의 마지막 말씀을 따르기로 했다.

***

"어디서든 잘 살아 주게."

공교롭게도 어머니의 마지막 말씀을 듣던 날,
노무현 대통령님의 마지막 말씀도 들었다.

그날 연설비서관실 식구들과 봉하를 찾았다.
대통령께서 반갑게 맞아 주셨다.
봉하마을을 한 바퀴 돌며
새로 시작하는 사업들을 소개해 주셨다.

본격적인 법정 송사가 시작할 무렵이기도 했다.
무척 힘드실 때였는데도
그런 기색을 전혀 내비치지 않으셨다.

서재 회의실에 앉아 담소를 나눴다.
한 사람 한 사람 근황을 귀담아 들으셨다.
힘들지 않은 사람은 없었지만,
아무도 힘들다 티 내지 않았다.
가장 힘든 상황에 처한 대통령께서
힘내자고 위로해 주셨다.
"좋은 날이 올 거네. 힘들 내세.
지금 어느 곳에 있든 잘 살아 주게."

그리고 그 해 5월의 어느 날,
대통령께서 서거하셨다.

어디서든 잘 살아가라는 그 말씀은
남은 우리에게 마지막 당부가 되어
지금까지 가슴에 사무치게 새겨져 있다.

살아가며 힘들고 지칠 때가 있다.
다 포기해 버리고 싶을 때가 있다.
그럴 때마다 어머니와 노 대통령님의
따뜻한 위로와 격려의 말씀을 기억하곤 한다.

많은 사람들과 대화를 한다.
늘 만나는 사람도 있고,
가끔 보는 사람도 있다.
물론 처음 보는 사람도 있다.
내가 그들에게 하는 말이
언제가 마지막이 될지 모른다.

내가 하는 말이 마지막 말이 된다면,
나는 어떤 말을 해주고 싶을까?

말 한마디, 글 한 구절에도
늘 조심하며 살아야겠다는 생각이 든다.

내가 누군가에게 하게 되는 마지막 말이
혹은 누군가에게 듣게 되는 마지막 말이
사랑과 축복, 위로가 되는 말이 되기를 기도한다.

내가 생각하는 '잘 사는 삶'에 대해 써 보세요.

에필로그

# #

지난해, 그러니까 2018년 1월 31일.
노무현 대통령님 꿈을 꿨다.

꿈에서 대통령님은
술 한 잔 건네시며 내게 말씀하셨다.
"자네가 좋아하는 카피(Copy)를
100개 정도 만들어 줄 수 있겠나?"

대통령 후보 시절 One-page 메시지 자료를
이슈별로 100여 개 만들어 드렸다.
그 자료를 늘 지니고 다니며
유세 연설에 참고하셨다.
그 기억의 잔상이 꿈에 나타난 것이리라.
다들 좋은 일이 생길 것 같다고 했다.

한 달 뒤, 나는 공교롭게
인생의 가장 힘든 순간을 맞이했다.